中公文庫

繭の密室

警視庁捜査一課・貴島柊志

今邑　彩

中央公論新社

目次

繭の密室

――警視庁捜査一課・貴島柊志

プロローグ

駅舎の時計は午後七時十分を指していた。

夏休み中の土曜日ということもあってか、駅から出てくるのは、行楽帰りらしい家族連れが多かった。

そんな中に、白い大型のショルダーバッグを肩からさげた、すらりとした若い女性の姿があった。

日比野《ひびの》ゆかりは、信号が青く点滅している駅前交差点の横断歩道を小走りに渡ると、あかしあ通りと呼ばれる大きな通りに出た。

その通りを南に向かって軽やかな足取りで歩いていく。ゆかりの家は駅から歩いて二十分くらいのところにあった。

そのとき、それまで駅前広場に停まっていた一台の車が、ゆっくりと発進し、クラクションの音とともに、ゆかりのそばを走り抜けていった。

黒っぽい国産車だった。

ちらと目を遣《や》ると、後部座席に乗っていた男がゆかりのほうを振り返って見ていた。

あかしあ通りから青梅《おうめ》街道に出て、天神町《てんじんちょう》の交差点まで来ると、ゆかりは右手に曲がった。回田《めぐりた》通りと呼ばれる通りが南に向かって真っすぐ伸びている。

その通りは、幼稚園の手前で、二股に分かれていた。ゆかりは左側のやや狭い道のほうに入った。

今までの通りに比べると、道幅も狭く、人通りも少ない、やや寂しい道だった。そこまで来て、ゆかりはおやと思った。

その道の途中、マンション風の建物の横に黒っぽい車が停まっていたからだ。あかしあ通りでゆかりを追い越していった車に似ていた。

無人ではない。テールランプがついている。エンジンがかかったままで、中に人が乗っているのが見える。

ゆかりはなんとなく厭《いや》な予感がした。前に、こんなふうに停車していた車のそばを通ろうとして、中にいた男から、いきなり腕をつかまれたことがあったからだ。まだ高校生の頃だった。

そのときのことを思い出したので、つい速足になった。やや緊張して足速に通り過ぎようとすると、

「あの、すみません――」

と、背後から男の声がかかった。ゆかりはドキリとして立ち止まった。

振り向くと、運転席の窓から若い男が肘《ひじ》と顔を出している。ややのっぺりとした色白の男だった。

年のころは二十代前半というところだろうか。ゆかりとたいして違わないように見える。

「ここ天神町ですよね」

男は気さくな口調で話しかけてきた。口元には人なつっこそうな微笑が浮かんでいる。

「ええ」

ゆかりは短く答えた。

「だったら、この道でいいんだよなあ」

男はそう呟《つぶや》いて、困ったように頭を掻《か》いている。悪い感じはしなかった。手には地図のようなものを持っている。

「このあたりに日の出荘という下宿があると聞いてきたんですが、ご存じありませんか」

「ああ、それなら——」

うちの近くです、と言いかけて、ゆかりは黙った。少し警戒心が緩《ゆる》んでいた。車の男は日の出荘を訪ねてきたらしい。たぶん、道に迷って、ここで立ち往生していたのだろう。

それをあたしったら。

ゆかりは自分の自意識過剰ぶりを嗤《わら》いたくなった。

「日の出荘なら、この道を真っすぐ行って、左に曲がって……」

ゆかりは説明をはじめたが、車の男は、「はあ?」という顔をしている。無理もない。はじめての人間には、ちょっと分かりづらい場所にあるのだ。

それに、車の運転をしないゆかりは、あまり手際よく説明できない。

「右に曲がって、そこをまた左に曲がって」などと言っているうちに、自分でも何を言っているのか分からなくなってしまった。

「分かりました?」

いちおう説明を終えて聞いてみると、案の定、男は困ったように、「いや……」と言って苦笑いしている。

「あのう、あなた、日の出荘の方向に行かれます？」

困り果てた末に思いついたとでもいう顔で、男はゆかりにたずねた。

「え、ええ。うちは日の出荘の近くですから」

ついそう答えると、男の顔がぱっと明るくなった。

「なんだ、そうなんですか。それを早く言ってくださいよ。だったら――」

男は素早く助手席のドアを開けた。

「乗ってください。そのほうがよっぽど分かりやすい」

白い歯を見せて笑いながら言う。

「でも……」

ゆかりはためらって車の中を見た。助手席は空《あ》いていたが、後部座席に男が二人乗っている。運転席の男同様、二人ともまだ若い。それにしても、どうして助手席が空いているのだろう。そんな疑問がちらと頭をよぎった。

「どうぞ」

男はゆかりの一瞬のためらいを吹き飛ばすような明るい声で促《うなが》した。サラリーマンか学生か知らないが、身なりもきちんとしているし、態度も折り目正しい。いかがわしい人物には見えなかった。

「それじゃ……」

ゆかりは微《かす》かなためらいを残しながらも、断わりきれなくなって、助手席に乗りこんだ。

バタンとドアが閉まった。その音がやけに耳に響いた。

なぜか檻《おり》の閉まる音を連想した。

「学生？　ＯＬ？」

男は車を出しながらたずねた。

「学生です」

「へえ、学校、どこ？」

ゆかりは大学の名前を言った。

「あそこに入れるなんて、あんた、偏差値、高かったんだね」

男の口調は妙に馴《な》れ馴《な》れしいものになっていた。ゆかりは少し不愉快になった。早くもこの車に乗ったことを少し後悔していた。

「デートの帰りか何か？」

男はくわえ煙草で聞いた。

「いえ、アルバイトの」

「何のバイト？」

「家庭教師です」

ゆかりはなんとなく落ち着かない気分で、膝《ひざ》に置いたショルダーバッグの紐《ひも》をいじっていた。ふとルームミラーを見た。後ろの男が映っている。その男が隣りの男に目配せしたように見えた。

目配せ？

「あ、そこを左に曲がって」

ルームミラーに気を取られていたゆかりは慌《あわ》てて言った。左折するところに来ていた。しかし、運転席の男はいっこうに左折表示を出そうとはしない。

「あの、そこ、左に曲がるんです」

ゆかりは少し声を大きくした。

「え。何か言った？」

男は妙な目つきでゆかりのほうを見た。車はそのまま直進してしまった。

ゆかりの心臓が早鐘《はやがね》のように打ちはじめていた。何か変だ。乗るべきじゃなかった。

「とめてください。おります」

腰を浮かしかけた。

「あ、そうか。左へ曲がるんだったね」

男はようやく気がついたように言った。

「ごめん。よく聞こえなかったんだ」

薄笑いを浮かべている。

ゆかりの全身が総毛だった。

とっさに身の危険を感じた。

これは罠《わな》だ。

この車は、あたしを乗せるためにわざと停まっていたんだ。日の出荘を探しているなんて嘘だったんだ。

「とめて」

ゆかりはショルダーの紐をぎゅっとつかんで叫んだ。

「え、何だって」

男はわざとらしい仕草で、片手を耳にあてた。

「とめて。おりるわ」

ドアに手をかけた。

「どうしたんだよ、急に」

男は驚いたような口調で言ったが、顔つきは面白がっていた。

「おろして」

ゆかりはドアを開こうとした。

いざとなったら、走っている車からでも飛びおりるつもりだった。

「そうはいかないね」

男はアクセルを踏んだ。

「とめて――」

もう一度叫ぼうとしたとき、背後から伸びてきた手が、薬品の臭いのする湿った布をゆかりの鼻に押しあてた。

第一章　不可解な転落死

1

柱時計がボーンとひとつ鳴った。

ダイニングテーブルに頬杖《ほおづえ》をついていた日比野京子《きょうこ》は時計のほうに目を遣《や》った。

時刻は午後八時半。

「ゆかりちゃん、遅いわね」

京子は溜息《ためいき》混じりの声で言った。

八月二十日、土曜日のことである。

「土曜はバイト、六時までだろう？」

ダイニングルームと一続きになったリビングルームのソファで、テレビを見ながらビールを飲んでいた日比野功一《こういち》は、腕時計をちらりと眺《なが》め、妻のほうを振り返った。

「そのはずよ」

京子はものうげな声で答えた。

「もう、張り切って天麩羅《てんぷら》あげたのに」

情けなさそうな目つきで、油を吸ってしんなりとしてしまった天麩羅のほうを見る。

「渡辺《わたなべ》さんちに電話してみろよ。まだ向こうにいるのかもしれない」、
功一が言った。

「ええ……」

京子は渋々というように、ダイニングテーブルから立ち上がると、電話機の前まで行った。アドレス帳を繰りながら、渡辺家の電話番号を探った。

渡辺というのは、功一の妹のゆかりが家庭教師をしている家だった。ゆかりは、水曜と土曜の週二回、中学生になる次女の勉強を見ていた。

土曜は、たしか午後四時から六時までのはずだった。

渡辺家は駒込にあったから、山手線と西武新宿線を乗り継げば、自宅のある小平まで小一時間もあれば着く。

駅から歩いて二十分としても、七時半には家に着いているはずだった。

渡辺家の電話番号を探りあてると、それを見ながら番号を押した。呼出し音が鳴って、すぐに受話器が取られた。出たのは、子供の声だった。ゆかりが教えているという次女かもしれない。

「日比野ですけれど、ゆかり、まだそちらにいます？」とたずねると、少女は、「先生なら六時ごろに帰りました」と答えた。どうやら、ゆかりは定刻どおりに渡辺家を出たらしい。

電話を切ると、京子は夫にそう告げた。

「ふーん。どこかに寄り道でもしているってことか」

功一は呑気《のんき》な声で言った。

「また途中で友達にでも会ったのかしら。それならそれで電話くらい入れてほしいわ。夕食も食べずに待っている身のことも考えてよ」

京子の口からつい愚痴《ぐち》がこぼれた。

「またって、前にもそんなことがあったのか」

功一が聞き咎《とが》めると、京子は眉《まゆ》をひそめ、

「一月《ひとつき》くらい前だったかしら。あなたが札幌に出張していたときよ。何の連絡も入れずに、帰ってきたのが零時すぎ。どこへ行ってたのって聞いたら、山手線の中で大学の友達に会ったとかで、夕食を一緒にして、そのあとディスコに行ってきたんですって。べつに遊びに行くなとは言わないけれど、ちゃんと連絡くらい入れてほしいわ――」

京子にとって、ゆかりはいわゆる小姑《こじゅうとめ》にあたる。功一と京子が結婚したのは三年前だったが、そのとき一騒動あった。ゆかりが京子との同居を拒《こば》んで家出してしまったのである。

しかし、いざ同居してみると、二人の仲は功一が心配していたほど悪くはなかった。最近では洋服やバッグなど気軽に貸し借りしているようだし、連れだって、ショッピングや映画にも出かけているようだ。

それでも、女同士のささやかな反感というものは、こんなときにヒョイと顔を覗《のぞ》かせるものらしい。空腹が妻をいらだたせているのかもしれないと思った功一はリビングのソファから立ち上がると、「分かった。おれからよく言っておくから」と言って、妻をなだめ、ダイニングテーブルにつくと、「待っていてもしょうがないな。先に食べよう」と、さっさと箸《はし》を取った。

二人が遅い夕食を食べおわり、京子が洗い物を片づけて、リビングのソファに座ったときには、すでに午後九時半になろうとしていた。

しかし、ゆかりはまだ帰ってこない。何の連絡も入らなかった。

「まったく、どこで遊んでいるのか知らないが、電話くらいすればいいのにな」

妻のいらだちが、このころになると、功一自身のいらだちになっていた。思わず腹だたしげに呟《つぶや》くと、まるでその呟きを聞きつけたかのように電話が鳴った。

二人は一瞬顔を見合わせた。お互い、同じことを考えているのが顔つきで分かった。電話に出るために立ち上がろうとした妻を手で制して、功一は立ち上がると、電話機の前に行った。

たぶん、ゆかりからだろう。それなら、一言《ひとこと》言っておかなければならない。功一はそう思っていた。

ゆかりとは十四も年が離れているうえ、両親があいついで亡くなってから、まだ幼かったゆかりを、功一は兄というよりも父親のような気持ちで育ててきた。

京子との間にはまだ子供がない。そのせいか、いつまでたっても、年の離れた妹が、妹というよりも自分の子供のような気がしてならなかった。

「日比野ですが――」

受話器を取ると、功一は幾分いかめしい声を出した。電話をかけてきたのが妹だとばかり思い込んでいたからである。

相手はすぐには答えなかった。

「もしもし？」

功一が聞き返すと、ようやく相手の声がした。ゆかりではなかった。男の声だった。それも若い男の声のようだった。普通の声ではない。ハンカチで口でも押《おさ》えているような、くぐもった異様な声だった。

「いもうとをあずかっている」

声はいきなりそう言った。

2

「あ、あんた、誰だ――」

功一は慌《あわ》てて聞き返した。いま、なんて言ったんだ。妹を預かっている？　どういう意味だ。

「けいさつにはしらせるな。しらせたら、いもうとはころす」

男の声は功一の問いかけを無視して続いた。

「おたくをみはっている。けいさつがきたら、すぐにわかる。ごせんまん、すぐにようい しろ。いもうとはかねとひきかえにかえす――」

「ちょ、ちょっと待ってくれ。ゆかりは、妹は無事なのか。妹の声を聞かせてくれ」

そう言ってみたが、声は非情だった。

「げつようのよる、またれんらくする」

そう言ったきり電話は切れた。

功一は一方的に切られた受話器を握り締めたまま、茫然《ぼうぜん》としていた。

「誰からだったの」

夫の声から異常を察した京子が顔色を変えてやってきた。

「若い男の声で、ゆかりを預かっているって」

功一はひりついた喉《のど》から声を絞り出した。

「どういうこと、それ」

京子の声が一オクターブ高くなった。

「どうもこうもない。誘拐《ゆうかい》されたってことだ」

「誘拐？」

京子は恐ろしいものでも見るような目で夫の顔を覗き込んだ。

「五千万、用意しろと言ってきた」

「五千万！」

京子は声をはりあげた。

「そんなお金、うちにないわ」

「定期、今いくらある？」

功一は鋭い目で妻を見返した。

「あれは家を買うための頭金じゃないの」

今の家は借家だった。自分たちの家を持つために、結婚当時からこつこつと貯めこんできた金だった。

「そんなことを言っている場合か。ゆかりが誘拐されたんだぞ。いくらある？」

功一は妻をつきとばすようにして、和室のほうへ行くと、箪笥《たんす》の引出しを乱暴に開けた。預金通帳を取り出すと、それを食いつくような目で見た。

定期の残高は一千万足らずだった。五千万にはとても足りない。

「月曜の夜、また連絡すると言っていた。とりあえず、月曜の朝、銀行へ行って全額おろしてきてくれ――」

血走った目でそう言う夫の両腕を京子はつかんでゆすった。

「あなた、落ち着いて。たとえ、定期を解約したとしても、五千万には足りないわ。あとはどうするのよ」

「おれがなんとかする」

「なんとかって？」

「なんとかはなんとかだ。月曜の夜までに何がなんでも五千万用意しなければ、ゆかりが――」

「警察に知らせましょう」

京子はきっぱりと言った。

「警察？」

功一はとんでもないという顔になった。

「警察に知らせたら、ゆかりを殺すと言っていた」

「そんなの誘拐犯の常套句《じょうとうく》よ」

「うちを見張っていると言っていた。警察が来たらすぐに分かるとも」

「はったりだわ。それに、警察だって、こういう場合はサイレン鳴らしてパトカーで駆けつけてくるわけじゃないでしょ。警察とは分からないような恰好《かっこう》で来るって聞いたことあるわ」

「犯人だってそのくらいのことは知っている。宅配業者の恰好をしようが、親戚の振りをしようが、誰かが訪ねてくれば、すぐに警察だと感づくに決まってる」

「それじゃ、どうすればいいのよ。お金を渡したからって、ゆかりちゃんが無事に帰ってくるという保証はないのよ」

京子は動揺している夫を叱《しか》りつけるように言った。

「それに、なんだか変だわ」

「変って？」

「身代金目的の誘拐なら、どうして、うちみたいな金持ちでもない家を狙《ねら》うのよ。犯人だって下見くらいするでしょ。この家を見れば分かりそうなものじゃないの。五千万なんて金、すぐに用意できる家かそうでないか。本当に身代金が目的なのかしら」

「行きあたりばったりの犯行かもしれない。どこかでゆかりを見かけて、金持ちの娘だとでも思ったのかもしれない」

「それだっておかしいわ。小さな子供じゃあるまいし、二十歳《はたち》の女子大生をそんなに簡単に誘拐できるものかしら」

京子はそう言いながら、はっとしたような顔になった。何かを思いついたらしい。途端に目が輝いた。

「ねえ、これ、悪戯《いたずら》じゃないかしら」

「悪戯？」

「そうよ。悪戯よ」

「誰がこんなあくどい悪戯をするっていうんだ」

「ゆかりちゃんよ」

「ゆかり？」

功一の目が飛び出しそうになった。

「ゆかりの狂言だというのか」

「そうよ。あの子、まじめなわりには、ときどき、周囲をあっと言わせるような、思い切ったことをするようなところあるじゃない。ほら、あたしたちが結婚するときだって——」

京子は例の家出騒動のことを言った。

「でも、男の声だったんだぞ」

「大学の男友達か誰かに電話させたのかもしれないわ。今ごろ、二人で大笑いしてるわよ」

「そういえば」

功一はふと思い出したような目になった。

「あの声、どこかで聞いたような記憶がある。まだ若い男の声だった。あのしゃべり方、どこかで聞いたような――」

　功一は考え込むようにふっと黙った。

「ほら、やっぱり悪戯よ。ときどき、大学の男友達から電話がかかってくるじゃない。あなたも出たことあるでしょ。そのとき、聞いた声よ、きっと」

　京子は、考え込んでしまった夫を励ますようになおも言った。

「心配することないわ。そのうち、ただいまって平気な顔して戻ってくるわよ。そうよ。きっとそうに決まってるわ」

「そうかな……」

　功一もいっときの興奮がおさまって、なんだかそんな気になってきた。妻の言うとおり、ゆかりには、普段はどちらかといえば、きまじめすぎるくらいなのだが、何かの拍子に、キレるというのか、周囲を驚かすような大胆な行動に出るところがあった。

　二十歳の女子大生が思いつく悪戯にしては度が過ぎている気がしたが、功一は、妻の言葉を信じたいと思った。

　そうだ。これは京子の言うとおりかもしれない。ゆかりの狂言かもしれない。ゆかりだって馬鹿じゃない。むしろ頭はいいほうだ。どんな手口を使われたにせよ、そうおめおめと誘拐されるような娘ではない。そのうち、ただいまアと何食わぬ顔して帰ってくるにちがいない。

「とにかく、今夜一晩待ってみましょうよ。へたに騒いだら、あとで恥をかくことになるかもしれないわ」

京子は駄目を押すようにそう言った。

「そうだな……」

功一もしかたなく同意した。

その夜、二人はまんじりともせずに、リビングのソファで夜を明かした。しかし、夜が白々と明けて、どこかで鶏《にわとり》が鳴くころになっても、ゆかりは帰ってこなかった。

3

最初は「うわあ」という悲鳴だった。

その直後、どーんという凄《すさ》まじい音とともに地響きが起こった。

八月二十一日、日曜日。午後九時ごろのことである。

中野区中央五丁目の賃貸マンション、「メゾン・ソレイユ」の一階に住む独身のサラリーマン、佐山徳一《さやまとくいち》は、一瞬、爆発でも起きたのかと思った。

しかし、衝撃の前に男の悲鳴のようなものを聞いたような気がした。

徳一は慌てて南側の窓に近寄った。エアコンをつけていたために窓は閉めきってあった。窓を開けてベランダに出てみる。コンクリートの手すりから下を覗きこむと、低い植込みの中に人間の足が見えた。

徳一は「え」というように目を剝《む》いた。マネキンではない。脛毛《すねげ》のはえた人間の足だった。素足にスニーカーのようなものを履いた男の足がにゅっと二本突き出している。男は植込みの上に落ちたらしい。仰向けになって大の字に倒れていた。

隣りを見ると、隣りの住人も物音に驚いて出てきたのか、ベランダの手すりに取り付いて下を見ていた。茫然とした顔が徳一のほうに向いた。

「誰か落ちたんじゃないですか」

そう言って、上のほうを見る仕草をした。

徳一は中に引き返すと、慌ててサンダルをつっかけ、玄関から廊下に出てみた。

そのとき、廊下の奥のエレベーターのドアが開いて男が出てきた。徳一は、物音に驚いた上の住人が様子を見にきたのかと、とっさに思った。

エントランス近くにある管理人室を覗いてみたが、どこかに出かけているのか、管理人の姿はなかった。

エントランスを出て、南側に回り、男が落ちたあたりに行ってみた。若い男だった。白っぽい半袖のTシャツに、黒っぽい短パン、素足に白のスニーカーといういでたちだった。

天を仰いだ顔は目を開けていた。額が血らしき赤いもので汚れている。即死らしい。一目ですでに事切れているのが分かった。

徳一は少し後ずさってマンションを見上げた。まばらに明かりがついている。その明かりのついた窓からは、例外なく、びっくりしたような住人の顔が覗いている。ただ、ひとつだけ、明かりはついているのに住人の姿が見えない窓があった。七階の窓だった。サッシの窓は開いており、夏の夜風が白いレースのカーテンをふくらませている。

死人でも飛び起きるようなもの凄《すご》い物音がしたのだから、部屋にいて気がつかないはずがない。ということは、落ちたのは、あの部屋の住人だろうか。

101号室の徳一の真上にあたるから、たしか701号室のはずだ。徳一はもう一度倒れた男の顔を見た。

見おぼえのない顔だった。

もっとも、賃貸マンション、しかも、ワンルーム中心の若い人向けのマンションということもあって、住人同士の交流はほとんどなかった。

徳一も口をきくのはせいぜい隣りの住人くらいのものだった。

その隣りの住人があたふたと駆けつけてきた。

「七階から落ちたようですよ」

徳一は隣人に言った。隣人の、フリーターとかいう若い男は、おそるおそるというふうに、落ちた男を覗きこんだ。

「701号室の人みたいなんですけど、知ってますか」

そうたずねると、隣人は、「いや」というように首を振った。

「自殺、かな」

そう呟く。

「いや、どーんという音の前に悲鳴が聞こえましたからね。事故か、あるいは――」

徳一はそう言いかけて黙った。

「どこかに知らせなくちゃ。警察かな。それとも、その前に救急車を呼びますか」

隣人は当惑したような顔で言った。

「救急車を呼んでも、しょうがないんじゃないかな……」

「それじゃ、警察ですね。連絡してきます」

隣人はそう言って、エントランスのほうに駆けていった。

それにしても——。

徳一はもう一度上を見上げた。見たところ、あの701号室のベランダから落ちたらしいが、だとすると変だな、と首を傾《かし》げた。

自殺にしろ事故にしろ——あるいは誰かに突き落とされたにしろ、ベランダから落ちたのならば、スリッパか素足のはずではないか。それなのに、この男はスニーカーを履いている。

あそこから落ちたんじゃないのかな。しかし、だとすると、どこから落ちたのだろう。考えられるのは屋上しかないが、屋上には墜落防止のための高い金網が張ってあるし、そもそも屋上へ出られる扉はいつも施錠《せじょう》されているはずだ。

妙だな。

佐山徳一はふとそう呟いた。

4

「妙だな」

同じセリフは、通報を受けて駆けつけてきた中野署の刑事、倉田義男《くらたよしお》の口からも思わず漏れた。

「このホトケ、どこから落ちたんだろう」

そう呟いて、倉田は上を見上げた。

「あの七階の部屋じゃないですかね。窓が開いているし、あそこからなら、ちょうどこのあたりに落ちますよ」

若い刑事も上を見上げながら言った。

「しかし」

倉田は唸《うな》るように言って、ぎょろ目を若い刑事に向けた。

「ベランダから落ちたなら、なんで靴なんか履いてるんだ」

「さあ」

若い刑事も不思議そうに首を捻《ひね》った。

妙なことはそれだけではなかった。

男の右前頭部にはひどい打撲傷が見られた。額が血で汚れている。仰向きに倒れているところから見ると、転落時に付いた傷とは思えなかった。

転落時には後頭部を打ったはずである。傷のあるのは前頭部だった。男が一度地面に叩《たた》きつけられてバウンドしたとは考えられない。

「どうも自殺には見えませんね」

若い刑事が言った。

「住人が悲鳴を聞いているからな」

倉田が呟く。

「事故か——」

と若い刑事が言いかけると、

「いや、事故でもなさそうだぞ」

男のそばにかがみこんでいた倉田は、手袋をはめた手で男の喉のあたりを探った。

「絞められたような跡がある……」

男の首の周りには紐状の擦過傷《さっかしょう》が付いていた。しかし、顔の様子から見て絞殺とは思えない。

それに、通報してきた住人の話では、墜落直前に男の悲鳴を聞いたという。絞殺されてから投げ落とされたという線は考えられない。

「首を絞められたあとで、何者かに突き落とされたという線は考えられるな」

倉田は呟いた。

そのとき、住人の聞き込みに行っていた別の刑事が初老の男を連れて戻ってきた。このマンションの管理人だという。

管理人は小用で外出していたらしい。さっそく男の身元を確認させたところ、ハッキリしたことは言えないが、701号室の住人ではないかという返事が返ってきた。

倉田は鑑識班とともにエントランスを入り、廊下の奥のエレベーターに乗ると、七階で降り、701号室のドアの前まで来た。

ドアの表札には、「前島」とだけ出ていた。

鑑識係がドアを開こうとしたが、ドアは開かなかった。施錠してある。あれ、というように倉田は首を捻った。すでに他殺と踏んでいたので、てっきり部屋のドアは開いていると思い込んでいたからである。

どうやら男を突き落とした犯人は、ご丁寧にもドアの鍵をかけて逃走したらしい。まさか、まだ中にいるなんてことはあるまい。

管理人に頼んでマスターキーを持ってきてもらった。

ところが、マスターキーを使っても、まだドアを開くことはできなかった。中からチェーン錠がかかっていたからである。ドアはチェーンの長さ分しか開かなかった。

「あれっ」

倉田は思わず声に出した。

「なんでチェーン錠がかかってるんだ」

誰にともなく言った。若い刑事は、「ぼくに聞かれても」とでも言いたげな顔をしていたが、独り言のように言った。

「中からチェーン錠がかかっているということは、自殺か事故ということになりますね……」

5

さらに管理人からペンチを借りて、チェーン錠を切って中に入ってみると、そこは、左手に二畳ほどのキッチンとユニットバスの付いた、八畳ほどのワンルームだった。

床はフローリングである。南側の窓ぎわに机があり、西側の壁には本棚がある。見たところ、学生の一人暮らしのようだった。

東側の壁には水彩画が掛かっている。その下にはシングルのベッドがあり、その足元には、血の付いた金属バットが転がっていた。それがまず、倉田の目を引いた。

次に目を引いたのは、絨毯《じゅうたん》の上に落ちていた黒縁《くろぶち》の眼鏡だった。踏《ふ》み潰《つぶ》されたようにレンズが割れて粉々になっている。そばにはドライヤーが転がっていた。スリッパも脱ぎ捨てられている。

「やっぱり、この部屋の住人ですよ」

若い刑事があたりを見回しながら言う。倉田は血の付いた金属バットを調べていた。髪の毛がくっついている。どうやら、男の額の打撲傷はこのバットで付けられたものらしい。

首の絞痕《こうこん》といい、額の打撲傷といい、男が何者かにこの部屋で襲われたことは間違いない。

男が自分で自分の頭を金属バットで殴って首を絞め、ベランダから悲鳴をあげて飛びおりたとは到底思えない。

おまけにどういうわけか靴まで履いて。

「学生証がありますよ」

机の引出しを探っていた刑事が言った。

倉田は金属バットから離れると、その刑事のそばに行った。学生証をひったくるようにして見る。

「前島博和《まえじまひろかず》。M大学経済学部三年か」

学生証に貼りつけられた写真には、黒縁の眼鏡をかけた男の顔が写っていた。写真の顔は、下でホトケになっている若い男の顔に似ているような気がした。十中八、九、死体はこの部屋の住人である前島博和と見て間違いないだろう。

窓の上に設置されたエアコンはつけっぱなしになっており、二重カーテンのさがった窓は開いていた。

倉田はその開いたままの窓からベランダに出てみた。ベランダにはエアコンの室外機と物干《ものほ》し竿《ざお》があるだけで、植木鉢ひとつ置いてはいなかった。サンダルがやや乱れた形で脱ぎ捨ててある。

コンクリート製の手すりは大人の胸の高さまであった。なんらかの意志を持って自分で乗り越えるか、誰かに力ずくで突き落とされるかしないかぎり、ここから落ちる可能性はないように思えた。

となると、ただの事故という線も考えにくい。

倉田は手すりに両手をかけて下を覗き込んだ。ちょうど真下に死体があった。その死体のそばに、白の半袖シャツの男がかがみこんでいた。刑事か警察医らしい。その男がひょいと上を見上げた。

それと同時に、倉田の顔が引っこんだ。ベランダから中に入ると、再び室内を見て回った。

しばらくして、現場に一人の男が現われた。白い半袖シャツを着た長身の若い男だった。さっき死体のそばにかがみこんでいた男に似ていた。本庁から来た刑事らしい。その顔をちらりと見て、倉田は、「あ」というように口を開けた。

目もとの涼しい浅黒い顔に見おぼえがあった。

6

警視庁捜査一課の貴島柊志《きじましゅうじ》は、遺体のそばから立ち上がると、マンションの横をぐるりと回ってエントランスに入った。

エレベーターを使って七階まで行く。701号室の前には制服警官が立っていた。廊下には住人らしき連中が数人ひとかたまりになって、ひそひそやっていた。

制服警官に身分を知らせて中に入ると、がに股でせかせかと動き回っていた小柄な中年男がいた。それが立ち止まってこちらを見ている。口が「あ」という形になっていた。

貴島も口にこそ出さなかったが、内心、「あ」と思った。中年男の丹波山《たんばやま》の狸《たぬき》みたいな顔には見おぼえがあった。

たしか、あれは倉田とかいう中野署の刑事ではないか。

以前、中野三丁目の分譲マンションで起こった新進女流作家刺殺事件にかかわったことがあった。そのとき、相棒になった、というか、相棒に押しつけられた刑事である。

考えてみれば、このあたりは中野署の管轄だろうから、ここに倉田の顔があっても不思議ではない。

貴島は、これはどうやら前途多難そうだぞ、と腹の中で呟いた。

ベランダから落ちたらしいのに、なぜかスニーカーを履いている遺体を一目見ただけで、この事件は一筋縄ではいきそうもないという悪い予感がしていたのである。そこへもってきて、捜査陣の中に二度と見たくもない倉田の顔を見つけたのだから、頭の上に立ちこめた暗雲からいきなり雷が鳴ったようなものだった。

「どうも」

軽く頭をさげると、倉田は「あんたか」とだけ言った。仏頂面《ぶっちょうづら》にもかかわらず、ぎょろりとした目には旧友にでも会ったような懐かしげな色が、ちらと浮かんだ（ように貴島には思えた）。

「ガイシャは学生らしい」

倉田は簡単にそう言って、例の学生証を見せた。

「ここのベランダから落ちたようですが――」

学生証を見ながら、そう言うと、

「たぶんね」

と倉田は答えた。

「しかし、スニーカーのようなものを履いていましたね……」

学生証を返しながら言うと、倉田は一続きになった濃い眉を寄せ、「それが妙なんだ。なんで、靴なんか履いていたのか」と呟いた。

そのとき、貴島はおやと思った。倉田の指に銀色の指輪のようなものがはまっているのに気がついたのである。どう血迷ってもファッションリングなどはめるタイプではない。結婚指輪にしか見えない。前に会ったときは、四十近い年にもかかわらず独身だった。あれから結婚したらしい。

そのせいかどうかは知らないが、前よりも人間が丸くなったというか、多少は人あたりがよくなったような気がした。

「ここで何者かに襲われたことは間違いない。金属バットで頭をぶん殴られ、たぶんこのドライヤーのコードで首を絞められたのではないかと思う」

倉田は、部屋の中央に不自然な形で転がっていたドライヤーのほうを見ながら言った。

「ただ、額の傷も首の絞痕も致命傷には見えませんね」

「うん。転落するまでは生きていたんだろう。住人が落ちるときの悲鳴を聞いているし。襲われたあとで、突き落とされたのか――ただ、そう考えると、妙なんだ」

倉田は考えこむような顔で言った。

「靴を履いていたことが？」

貴島が聞き返す。

「それも妙だが、鍵がかかっていたんだよ」

「鍵？」

「われわれが駆けつけたとき、この部屋のドアには鍵がかかっていた」

「犯人が施錠して逃げたってことですか。それは、確かに妙ですね。部屋の中に死体があるなら、鍵をかけて逃走する理由も分かるが、死体は外に飛び出していたわけだから、死体の発見を遅らせるためだとしたら、なにも――」

貴島がそう言いかけると、

「いや、そうじゃなくて」

倉田はいらだったように遮《さえぎ》った。

「中からだよ」

「え？」

「中からチェーン錠がかかっていたんだ」

「チェーン錠？」

貴島は不審そうな顔になると、すぐに踵《きびす》を返して玄関に行き、チェーン錠を調べてみた。入ったときは、制服警官の陰になっていて気づかなかったが、なるほど、チェーン錠にはペンチか何かで切断した跡があった。

遺体や部屋の中の状況から見れば、どう見ても自殺やただの事故死とは思えない。他殺の線が濃厚である。にもかかわらず、ドアには中からチェーン錠がかかっていた？

一筋縄ではいきそうもない、という自分の直感はやはり正しかったかと、貴島は改めて思い知った。

7

「警部」

玄関のほうから若い刑事の声がした。その声に倉田が振り向いたところを見ると、倉田義男はいつのまにか「警部」に昇進していたらしい。

「九時ごろ、不審な男の声を聞いたという住人がいるのですが」

マンションの住人から聞き取りをしていた刑事はそんなことを言った。

「不審な男?」

倉田は目をぎょろっと光らせた。玄関のところに、若い刑事と一緒に若い女性がいた。

「あの、あたし、708号室に住んでいるんですけど、九時ちょっと前に、男が騒いでいるのを聞いたんです」

OL風の女性はおずおずとした口調で言った。

「男が騒いでいた?」

倉田が聞き返す。

「ええ。ドンドンとドアを叩く音がして、男の声で、『開けろ。中にいることは分かってるんだ。開けないと、ドアを蹴破《けやぶ》るぞ』とか、凄い声でどなっていたんです」

「この部屋の前で?」

倉田が聞き返すと、若い女性は困ったような顔になって、

「いいえ、それは分かりません。うちの中で聞いただけですから」

「その男の顔は見てないんだね」

「ええ。だって、へたにドアを開けて、やくざか何かだったら怖いと思って」

「それじゃ、その男が前島さんを訪ねてきたかどうかは分からないんだね」

「ええ。でも、九時ちょっと前のことでしたし、前島さんが転落したのがその直後でしたから、もしかしたらと思って――」

女性の声はだんだん小さくなった。最後は蚊《か》の鳴くようなかぼそさである。自分を睨《にら》みつけるようにして見ている倉田の顔に、恐れをなしたのかもしれない。

「でも警部。その男はこの部屋を訪ねてきたんじゃないでしょうかね。だって、見たところ、他の住人はみな留守のようですよ。インターホンを鳴らしても誰も出てきませんから」

若い刑事が横から口をはさんだ。

そう言われてみれば、死体のそばからマンションを見上げたとき、七階は二部屋しか明かりがついていなかったことを倉田は思い出した。

しかも、八部屋あるうち、二部屋は空部屋らしく表札も出ていない。あとの四部屋には新聞受けに新聞が突っ込まれた状態になっていた。一目で留守と分かる。

「その男は『いることは分かってるんだ』と言っていたそうですから、明かりがついているのを確認してやってきたんじゃないでしょうか。としたら、やはり、訪ねてきたのはこの部屋ではないかと――」

「うむ」

倉田は納得したように唸った。

「そう言えば」

女性の背後にいた、これも住人らしき若い男が身を乗り出すようにして言った。

「ぼくも男の姿を見ましたよ。どーんという音のあと、誰かが落ちたと思って部屋を出たときです。一階のエレベーターから男がおりてきたんです。そのときは、上の住人が物音に驚いて様子を見に来たのかと思っていましたが、そうではなかったみたいです。その男、結局、そのまま出ていってしまったみたいですから」

そう言ったのは、101号室の住人、佐山徳一だった。

「その男の顔に見おぼえは？」

倉田がたずねた。

「いや、見たことない顔でした」

「ここの住人ではなかった？」

「そこまでは分かりません。他の人とあまり交流がないもので」

「幾つくらいの男だった？　何か特徴は？」

倉田は矢継ぎ早にたずねた。

「そうですねえ。まだ若い感じでした。二十代ではないかな。特徴といっても、ちらと見ただけだから、よくおぼえてません。中肉中背で、これといって特徴のないことが、しいて言えば特徴かなあ……」

佐山徳一もやや自信のなさそうな口調でそう言った。

第二章　二人の友人

1

翌日。八月二十二日、月曜日。

貴島と倉田は、東中野のマンションに向かっていた。このマンションの105号室に住む、奥山良之《おくやまよしゆき》という人物を訪ねるためである。

前島が部屋の中で襲われた様子であることや、708号室の住人の証言で、前島が転落する直前、彼の部屋を知り合いらしき男が訪ねてきたらしいことなどを合わせ、顔見知りの犯行と見て、被害者の交友関係を洗うことから捜査ははじまったのである。

そして、被害者のアドレス帳から、交流があったと思われる数人の名前と住所を割り出した。

その中に奥山良之の名前があった。しかも奥山が住んでいると思われる東中野のマンションは、半年前まで、前島博和が住んでいたマンションでもあったのだ。

不動産会社の話では、前島は今年の二月に今のマンションの賃貸契約を結んだらしい。それまで住んでいたのが、東中野のマンションというわけだった。

現場となった中野のマンションの住人にあたってみても、前島と親しく付き合っていたような人物には行きあたらなかった。ただでさえ住人の入れ代わりが激しく、日ごろから住人同士の交流の少ないマンションのうえ、引っ越してきてまだ半年足らずでは、それもしかたのないことかもしれなかった。

むしろ、それまで住んでいた東中野のほうが、前島のことをよく知っている人物に出くわす可能性は高いように思えたのである。

そのマンションのエントランスを入って、105号室のインターホンを鳴らした。奥山良之が勤め人か学生かは分からない。まだ早朝だが、勤め人なら不在の可能性もある。

しかし、幸いなことに、中からすぐに返事があった。警察の者だと告げると、施錠を解く音がして、ドアが開き、二十歳そこそこと思われる青年が現われた。

「奥山さんですね」

貴島が手帳を見せながらたずねた。青年はいぶかしげな表情で頷《うなず》く。

片耳にピアスをはめ、Tシャツにジーンズの短パンという恰好だった。ラフな髪形や恰好から見ても学生のようだった。

「以前、ここに住んでいた前島博和君のことで聞きたいのですが」

そう切り出しても、奥山の表情は変わらなかった。べつにはっとした様子もない。どうやらこの顔では前島の転落死のことはまだ知らないな、と貴島は踏んだ。

「前島君を知っているね」

念のため、そうたずねると、奥山は頷いた。

「隣りに住んでいましたから」

奥山はそう言って、ちらと106号室のほうを見た。空部屋らしく、表札は出ていなかった。

「それに、大学が同じですから」

「きみもM大学か」

そう聞くと、奥山は不審そうな顔つきのまま、「そうです。学部は違いますけど」と答えた。

「前島君は半年前までここに住んでいたそうだね」

「ええ」

「ここにはどのくらい住んでいたの」

「入学した年からですから、約二年ってとこですかね。あの、前島が何かしたんですか」

奥山はやや不安そうな顔で聞き返した。「何かしたのか」と聞くところを見ると、この青年は、やはり前島博和の変死を知らないらしい。知らない振りをしているようには見えなかった。

「昨夜、マンションから転落して死んだんだよ」

倉田がぼそっと言った。

「えっ」

奥山の目が驚いたように見開かれた。

「じ、自殺ですか」

唾《つば》をごくんと飲みこんでから聞く。

「自殺の線だけはなさそうだ」

答えたのは倉田だった。

「ってことは――」

「前島君、誰かに恨まれていたなんてことはなかったかな」

貴島がそうたずねると、奥山はいよいよ驚いた顔になり、「前島は殺されたんですか」とたずねた。

「その可能性もあるということだよ」

「彼が引っ越してから、この半年、会ってないんですよ。学部が違うし。だから最近のことは、ぼくは何も……」

「ここにいたときのことでいい。誰か、不審な人物が前島君を訪ねてきたとか――」

「そういえば」

奥山は何か思い出したような顔になった。

「不審な人物というか、サラ金の取立て屋らしき男たちが来ていたことはありましたよ」

「サラ金？」

「ええ。前島の話だと、サラ金に三百万くらい借りてて、それが期限すぎても返せなかったらしくて、ときどき、彼の部屋の前で、取立て屋みたいのが凄んでいるのを見かけました」

「それはいつのこと？」

「去年の今ごろだったかなあ。でも、結局、郷里の親に泣きついて借金は全額返したって聞きましたよ。取立て屋もあれから訪ねてこなくなったし――」

サラ金の取立て屋か。708号室の女性が聞いた男の声というのが、この取立て屋だとしたら、「開けろ」とか「いるのは分かってるんだ」とかいう恫喝《どうかつ》の意味も納得がいく。

「どこのサラ金だ?」

倉田が口をはさんだ。

「知りませんよ、そんなことまで」

「友達だったのに知らないのか」

「友達ってほどでもなかったんです。隣りに住んでいたってだけで」

「友達でないなら、なんで、彼のアドレス帳にきみの名前があったんだ」

と倉田。

「さあね。おおかたマージャンのメンツが揃わないときのために控えておいたんじゃないですか。よく駆り出されましたから。そういえば、一度だけ、彼から電話がかかってきたことがありましたよ。メンツが一人足りないんで来ないかって。そのときは都合が悪かったんで断わりましたけどね。そうだ。マージャンで思い出したけど、友達っていうなら、彼らのほうが、前島のことをよく知ってるんじゃないかな」

したよ」

「だから、そのマージャン仲間です。なんでも中学の同級生とかで、よく遊びに来てま

貴島が聞き返す。

「彼らって?」

「名前は分かりますか」

「えーと、たしか、一人が江藤《えとう》とかいって、医学部志望の予備校生で、もう一人が坂田《さかた》とかいったな。R大学の三年だったと思います」

江藤と坂田という名前なら、前島のアドレス帳にあったな、と貴島は思った。詳しい住所はあれであたればいい。

「前島君はなぜここを引っ越したのかな」

貴島はふと思いついて聞いてみた。奥山の肩ごしではあるが、見たところ、ワンルームの部屋のようだった。おそらく、隣りの106号室も同じような間取りだろう。中野のマンションと似たようなものだ。

「さあ。よくは知りませんが、例のサラ金の取立て屋の件で、ここに居づらくなったのかもしれませんね。前島が留守のときなんか、やつら、『借りたものは返しましょう』とか『金返せ』とか書いたビラをドアにベタベタ貼りつけていったり、夜中でもドアを

ドンドン叩いて、大声で『金返せ』コールをしてましたからね。一度なんか、前島のやつ、窓から逃げ出したくらいです。でも、結局、つかまって、ボコボコに殴られたみたいでした。そんなことがあったんで、近所の手前、恥ずかしくなって引っ越したんじゃないのかな。ちょうど、ここの賃貸契約が今年の三月で切れることになっていましたから」

「なるほど……。ところで、前島君は金属バットを持っていたかな」

「ああ、持ってましたよ。一人暮らしの護身用だとか言って」

やはり、あのバットは前島の持ち物だったようだ。

「きみ以外に、このマンションで前島君と親しくしていた人はいる？」

貴島がなおもたずねると、奥山は首を傾げた。

「さあ。他にはいなかったんじゃないのかなあ。彼はあまり社交的なタイプじゃなかったし。ぼくが知っているのは、さっき言った、江藤と坂田だけです」

「最後にひとつ聞きたいんだが」

倉田がいきなり言った。

「なんですか」

「昨夜の九時ごろ、きみはどこにいた？」

「それがどうかしたんですか」

奥山は不思議そうな顔で聞き返した。

「どうもしない。どこにいたんだ」

「ここにいましたよ」

それがどうした、という顔で奥山は答えた。

「一人で?」

「そうです」

「それを証明してくれる者は誰かいるか」

「べつに……」

奥山は不安そうな顔で口ごもった。

2

東中野で得た収穫は、結局、奥山良之の証言だけだった。奥山の言うとおり、前島博和はこのマンションでも隣室の奥山以外には親しくしていなかったらしく、他の住人からは何ら情報を得ることはできなかった。

「やはり、この江藤と坂田という二人にあたるしかないようですね」

東中野駅に向かいながら、貴島は、前島のアドレス帳を手にして言った。

倉田も黙って頷いた。

アドレス帳によれば、江藤というのは、江藤順弥《じゅんや》。住所は代々木で、もう一人の坂田勝彦《かつひこ》は大久保だった。

「坂田のほうから回りましょうか」

「うむ」

倉田は素直に同意した。以前、組んだときに比べると、拍子抜けするほど、扱いやすかった。牙《きば》を抜かれた虎、というより、調教されたブルドッグという感じである。

「サラ金の取立て屋の線が臭いな」

せかせかと歩きながら倉田が言った。脚の長さが違いすぎるので、長身の貴島と肩を並べて歩くには、倉田としてはほとんど走るような歩き方にならざるをえない。

「しかし、借金は返したそうじゃないですか。それが本当かどうかは、借金を肩代わりしたという前島の親にあたってみなければ分かりませんが」

静岡県浜松市に住む前島博和の両親にはすでに連絡が入っている。もう上京しているはずだった。

「そっちの借金は返しても、また懲《こ》りずに別口から借りたとも考えられる」

「でも、前島の部屋からは借用証書の類《たぐ》いは発見されてませんね。それに、708号室の女性が聞いたという男の声が、サラ金の取立て屋だったとしても、殺しまでしますかね」

「ちょっと痛い目にあわせるつもりが、つい力が入ってしまったとも考えられるじゃないか」

倉田が言い返した。

「つい力が入って、頭を殴り首を絞めたあとでベランダから突き落としたって言うんですか」

貴島は呆れて言った。

力が入りすぎている。

「人間、かっとなれば、そのくらいのことはするかもしれん」

「とにかく、被害者の部屋にあったものを凶器にしているところを見ると、計画的なものではなく、突発的な犯行という気はしますがね」

貴島は倉田との口論を避けて、慎重な口ぶりで言った。

まだ解剖結果は出ていなかったが、被害者の前頭部の打撲傷は、部屋にあった金属バットで付けられたものと考えてほぼ間違いあるまい。

バットに血と髪の毛が付いていただけではなく、指紋を拭《ぬぐ》い取《と》ったような痕跡《こんせき》があったためである。

バットに付いていた血と髪の毛がはたして被害者のものかは鑑定結果が出ればはっきりする。

また、首を絞めた凶器も、部屋にあったドライヤーのコードではないかと考えられていた。ドライヤーのほうにも、指紋を拭ったような跡が見られたためである。

犯人は何かの拍子に前島に殺意を抱き、手近にあった金属バットで前島の頭を殴り、昏倒《こんとう》したところを、これまた手近にあったドライヤーのコードで首を絞めた。

ここまでは分かっていた。ところが、分からないのはこのあとだった。

「なぜ犯人はそのままドライヤーのコードで絞め殺さなかったんでしょうか」

倉田に話すというより、独り言のように呟いた。

「首を絞めただけでは息を吹き返すおそれがあると思ったんじゃないか。七階から突き落とせば、確実に死ぬとでも思ったんだろう」

倉田はそう答えた。

「それじゃ、あの靴は？　前島が部屋の中で靴を履いていたとは思えない。とすると、あれも犯人が履かせたものですか。それとも——」

そう言いかけると、倉田は猪首《いくび》を振って、あっさりと答えた。

「分からん」

「施錠の件はどうです。前島を突き落としたのが犯人だとしたら、ドアを施錠したのも犯人だということになる」

管理人の話では、住人には鍵は二つ渡してあるということだった。前島博和の部屋からは鍵はひとつしか見つからなかった。もうひとつは犯人が持ち去ったものと考えられる。

「遺体の発見を遅らせるためとは考えられない。何のためにチェーン錠までかけたのか。自殺に見せかけるためなら、血の付いた金属バットをそのままにしておくはずがない。いったい、何のために密室にしたのか——」

べつに倉田に解答を求めたわけではなかったが、この疑問にも倉田はきわめて簡潔に答えた。

「おれが知るか」

3

坂田勝彦の住まいは、大久保一丁目の、「森口荘」という二階建てのアパートだった。坂田の部屋は二階のようだ。鉄の階段を昇って、「坂田」という下手なマジック文字の表札の付いたドアの呼出しブザーを鳴らしても返事はない。留守かなと思いながら、もう一度ブザーを鳴らした。横から倉田がいらだたしげに拳でドアをガンガン叩いた。ようやく中から返事があった。しばらくしてドアが開き、男の顔が現われた。

時刻は午前十時近かったが、その男はまだパジャマのままだった。中背のがっしりした体格の男だった。

「何か？」

寝ていたところを起こされたとでも言いたげな不機嫌な顔で言う。

「警察の者です」

貴島は手帳を見せた。その途端、男の顔が明らかに強張った。一瞬にして眠気が覚めたという顔だった。

その変化に貴島はおやと思った。

「坂田勝彦さんですね」

そう確認すると、男はやや脅《おび》えた目でこくんと頷いた。喉仏《のどぼとけ》が動いて唾を飲みこむのが分かった。ひどく緊張しているようだ。これは何かあるな。

貴島はふと思った。

「前島博和君を知ってますね」

そうたずねると、坂田勝彦はさらに脅えたような目になって、ただ頷いた。

これは前島の変死をすでに知っているかもしれないな、と貴島は踏んだ。新聞での報道はまだされていないはずだが、テレビの報道はすでにされているはずだ。

しかし、たとえ前島の変死を知っていたとしても、それだけではないような反応の仕方だった。

「中学の同級生だったとか?」

「そうです」

坂田はようやく声を出した。喉がからからになっているのを証明するような掠《かす》れた声だった。体格のわりには気の小さそうな男だな、と貴島は思った。

「最近、前島君と会いましたか」

そうたずねると、坂田はひどくうろたえたような顔になった。

「前島がどうかしたんですか」

質問には答えず聞き返した。

「昨夜、マンションの自室から転落死したんだよ」

またもや倉田が答える。

「えっ、前島が」

坂田は心底びっくりしたような顔で声をあげた。貴島は不審に思った。どうやらこの顔では、前島の死を知らなかったようだ。としたら、さきほどのあの反応はどういうことだ。

この男、何を脅えているのだろう。

「て、転落って、自殺ですか」

坂田は裏返ったような声で言った。

「自殺ではない」

倉田が答えた。

「それじゃ――」

「最後に前島君に会ったのはいつです」

貴島は質問を繰り返した。

「た、たしか——」

坂田は考えるような顔になった。

「考えこむほど会ってなかったのか」

倉田がすかさず言った。

「え、いや、そういうわけじゃ。最後に会ったのは」

「昨日じゃないのか」

と倉田。

「え？」

坂田はぎょっとしたような顔になった。

「違います。昨日は会ってません。お、おとといです。おととい、ちょっと会いました」

「おとといというと、二十日の土曜日だね」

貴島が確認すると、坂田は頷いた。

「そのとき、前島君から誰かに恨まれているというような話を聞かなかったか」

続けてたずねると、坂田は口を開けたまま、脅え切った目で貴島を見た。

「どうです。誰かとトラブルがあったとか、そんな話は聞かなかった？」

「き、聞いてないです」

「サラ金の取立て屋に追いかけられているというのは？」

「サラ金？」

坂田はわれに返ったような顔をした。

「それなら去年の話でしょう。でも、借金はもう返したって聞きました」

「そのあとで、また別口から借りたってことはないか」

倉田が口をはさむ。

「聞いてません、そんなこと」

「江藤君を知っているね。江藤順弥君」

貴島がそうたずねると、坂田はまたもやぎょっとしたような顔になった。感情の表われやすい顔だった。

「し、知ってます」

「彼以外に、前島君と親しくしていた人物に心あたりはない？」

「さ、さあ」

「ところで、きみ、昨夜の午後九時ごろ、どこにいました？」

そうたずねると、坂田はまた唾を飲みこんだ。

「九時ごろといえば」

思い出すように一点を見詰めた。

「ああ、そうだ。銭湯に行ってました」

「せんとう？」

倉田がいぶかしげに聞き返す。

「風呂屋ですよ」

「なんだ。このアパートには風呂が付いてないのか」

「いや、付いてますけど、最近ちょっとガス風呂の調子が悪いんで、近くの銭湯に行ってるんです」

「なんという銭湯だ？」

と倉田。

「梅乃湯です」

「何時から何時まで？」

「えーと、たしか、八時ごろに出かけて、帰ってきたのは、九時ちょっと過ぎくらいでした」

「銭湯で誰かに会ったか？」

「べ、べつに」

「番台に誰かいただろう？」

「おかみさんが」

「そのおかみさんはきみのことを知ってるかね」

「さ、さあ。ガス風呂の調子が悪くなったのは、つい二週間ほど前からなんです。だから、銭湯にもまだ二回くらいしか行ってないから、ぼくのことをおぼえているかどうか……」

心もとない顔で言う。

「なんで二週間も風呂、なおさないんだ？」

倉田はあまり関係のないことを聞いた。

「なんでって、修理となると金かかるし……」

坂田は何かそれが事件と関係あるのかという顔で答えた。

4

「どうも臭いな、あの坂田というやつ」

坂田のアパートから出てくるや、すぐに倉田義男はそう呟いた。やはり、倉田も何か感じたらしい。

「妙に脅えてましたね。前島の変死のことは知らなかったようだが——」

「いや、分からないぞ。知らない振りをしているのかもしれん。いちおう、梅乃湯にあたってみるか」

「そうですね……」

二人は、坂田から聞いた梅乃湯まで足を延ばした。梅乃湯は坂田のアパートから歩いて十五分くらいのところにあった。あいにく、梅乃湯と書かれたシャッターは閉まっていた。見ると、午後四時からと書いてある。

貴島と倉田は銭湯の裏手にある家を訪ねた。近所の人の話では、この家が銭湯の持ち主らしい。玄関は開いたままになっていた。声をかけると、奥から、主婦らしき五十年配の女性が出てきた。

身分を知らせ、昨夜、九時ごろ、番台に座っていたかとたずねると、その女性はそうだと答えた。坂田勝彦の名前を出してみたが、知らないという返事だった。坂田の年恰好を説明した。こういう男が午後八時ごろに来て、午後九時ごろに帰っていったはずだがとたずねると、おかみは、首を傾げ、よく分からないと答えた。

「常連さん以外はちょっとねえ。それに、あたし、番台に座って、ずっとレース編みしてましたから。いちいちお客さんの顔見なかったんですよ」

おかみは困ったような顔でそう答えた。

つまり、坂田勝彦のアリバイはないも同然というわけだった。

「お次は江藤か」

前島のアドレス帳を見ながら、貴島は呟いた。

そのころ、坂田勝彦は震える指で電話のプッシュボタンを押していた。

呼出し音が鳴る。五回ほど鳴ったところで、受話器が取られた。

「あ、江藤か。おれだ」

坂田は誰かに聞かれるのを恐れるように小声で言った。

「何だ、坂田か」

「知ってるか」

「何を？」

「前島が死んだ」

「何だって」

「昨日の夜、マンションから落ちたって」

「自殺か」

江藤も真っ先にそれをたずねた。

「いや、そうじゃないらしい」

「事故か」

「いや……」

「いや、ってまさか？」

「前島のことを恨んでいたやつはいないかって聞かれた」

「聞かれたって、誰に？」

「刑事だよ」

「………」

「今さっき刑事が来たんだ。一人は警視庁の刑事だった。警視庁の刑事が出てきたってことは、殺人じゃないのか」

「おまえ、何かしゃべったのか」

「な、何も。聞かれたことしかしゃべらなかったよ」

「何、聞かれたんだ」

「前島と最後に会ったのはいつだとか――」

「いつだって答えたんだ」

切り返すように江藤がたずねた。

「おととい、だって正直に答えたよ」

「おれのことも言ったのか」

「いや。でも、おまえのことも向こうはつかんでるみたいだった。たぶん、おまえのところにも行くと思う」

「それで、他に何を聞かれたんだ」

「前島が誰かとトラブってなかったかとか、昨夜の午後九時ごろ、どこにいたかとか。あれはアリバイを聞かれたんだ、きっと」

「それだけか」

「うん、それだけだ」

「あのこと、しゃべってはいないだろうな」

「まさか」

「よけいなことしゃべるなよ……」

江藤はそう言って一方的に電話を切った。

受話器を置いたあとも、坂田は茫然としていた。

あれはおれが悪いんじゃない。江藤だ。江藤に言われてしかたなくやったことだ。江藤が悪いんだ。

いつも江藤が思いつくんだ。あいつは少しおかしい。子猫を生きたまま解剖しようとしたり、鼠捕《ねずみと》りに入った鼠を何時間もかけてじわじわと溺死《できし》させたり、いくら医者志望だからって、やることが異常だった。

あいつは科学的実験だなんて言ってたけれど、おれには、あいつがただ楽しんでいるようにしか見えなかった。聞いただけで胸の悪くなるようなことを平気で笑いながらできるやつなんだ。

おれも前島も、なんとなく江藤の言うことには逆らえなくて、いやいや従ってきたんだ。あのときだってそうだった。吉本《よしもと》を吊るそうと最初に言い出したのは江藤だった……。

坂田勝彦は頭を抱えて震え出した。

第三章　過去へ

1

江藤順弥の住まいは、前島や坂田に比べると、はるかに家賃の高そうな瀟洒《しょうしゃ》なマンションだった。

江藤と表札の出たドアのインターホンを鳴らすと、すぐに返事があった。警察の者だと告げると、ドアが開いて、やや色白の、線の細そうな青年が現われた。

部屋の中からは大音響でワーグナーが聞こえてきた。

「江藤順弥さんですね」

貴島が手帳を見せてたずねた。

「そうですが」

江藤は無表情で答える。

「前島博和君を知っているね」

坂田のとき同様、そう切り出すと、江藤はちょっと待ったというように、

「その前に、もう一度警察手帳を見せてください」

と言った。

貴島が手帳を出すと、江藤はそれを手に取ってじっくり眺めていたが、やがて納得したように返してよこした。

落ち着き払った態度だった。

「で、何ですか」

「前島博和君を知っているね」

再び質問を繰り返す。

「知ってます」

「最近、前島君といつ会いました?」

「前島がマンションから転落して死んだって本当ですか」

江藤は逆にそう聞き返した。

「それをどこで知ったんだ?」

倉田がかみつくように言った。

「さっき坂田君から電話があったんですよ。それではじめて知ったんです」

江藤は倉田のほうを犬か猫でも見下ろすような目で見ながら答えた。

坂田から知らされていたのか。それでこんなに落ち着いているのか、と貴島は思った。それにしても、落ち着きすぎているような気がした。

坂田のほうは、不意打ちだったこともあってか、動揺しすぎているように見えたが、この江藤のほうは、いくら訪問を予測していたからとはいえ、少し落ち着きすぎているように見える。

一見、正反対の反応を見せている二人だが、その反応の仕方にやや不自然なものを感じる点では変わりはなかった。

この江藤という男、中学からの友人が変死したと聞かされたわりには平然としすぎてはいないか。

「もう一度聞きますが、前島君とはいつ会いました？」

貴島は根気よくたずねた。

「自殺ではないようだって坂田は言ってましたが、前島に何があったんですか。事故だったんですか。それとも――」

江藤は貴島の質問を無視して言った。

「事故や自殺くらいでは、警視庁の刑事が出てきませんよね。ということは、他殺ってことですか。前島は殺されたんですか」

「質問しているのはこっちなんですがね」

貴島は穏やかに言い返した。

「前島とは二十日の土曜に会ってます」

江藤はようやく質問に答えた。

「土曜というと、坂田君も一緒に?」

もしやと思って、そう聞き返すと、江藤は頷いた。

「そうです。三人でぼくの車でドライブに出たんです。週末にはよく三人で出かけるんですよ」

「そのとき、前島君から何か聞きませんでしたか」

「何かって?」

江藤は表情の乏しい目で、自分より少し上背のある刑事を見上げた。

「誰かに恨まれているとか、トラブルに巻き込まれたとか」

「いいえ。べつにそんな話は聞いてません」

江藤は即座に否定した。

「前島君は以前、サラ金に金を借りていたそうですね。期限が来ても返せなくて、取立て屋にいやがらせを受けていたとか」

「去年の話ですよ、それは。借金は返したと聞いてますよ」

江藤も坂田と同じことを言った。

「別のサラ金から借りたという話は聞いてませんか」

「いいえ」

「ところで、きみ、昨夜の午後九時ごろ、どこにいました?」

「アリバイですか」

江藤は、ソラおいでなすったというような顔で貴島を見返した。

「昨夜の九時なら、ぼくはここにいました」

「一人で?」

「ええ」

「それを証明してくれる人は?」

倉田が聞いた。

「そういえば、九時ちょっと過ぎに隣りの人が来ました。右隣りの松永《まつなが》という人です。

ステレオの音がうるさいと文句を言いに来たんです。彼に聞けば、ぼくが部屋にいたことが分かるはずですよ」

江藤はそう言ってから、不審そうな顔になり、

「それにしても、どうしてぼくのアリバイなんか聞くんですか。まさか、ぼくが前島を殺したなんて思ってるんじゃないでしょうね」

「ごく形式的な質問です」

貴島が答えた。

「前島は中学のときからの親友だったんです。それに、ぼくには彼を殺す動機なんかありませんよ」

「中学からの親友だったわりには、死んだと聞かされても平然としてるね」

倉田が意地悪く言った。

「そう見えますか。これでもかなりショックを受けてるんですけどね。思ってることが顔に出ないたちなんです。それでいつも損をしています」

得することもあるだろう、と貴島は腹の中で思った。

「前島君や坂田君とは高校も一緒だった？」

貴島がたずねた。

「いえ、三人とも違います」

江藤は短く答えた。

「中学だけ同じだったのか」

「そうです。それも三年のときだけ、同じクラスだったんです」

「それから篤《あつ》い友情がずっと続いているというわけか」

貴島はやや皮肉をこめて言ってみた。

「腐れ縁というやつですよ」

江藤は薄く笑った。

「そういえば、前島君と坂田君は大学も違うね――」

貴島はそう言いかけ、

「ところで、きみも学生？」

ふと疑問に思って聞いてみた。確か、奥山良之の話では予備校生とか言っていたが……。

「いや」

それまで落ち着き払っていた江藤の顔がわずかに歪《ゆが》んだ。聞かれたくないことを聞かれたとでも言うような、不快そうな色が色白の顔にちらと現われた。

「浪人中です」

吐き捨てるように言う。

「浪人って、坂田君や前島君と同い年なんだろう?」

貴島はやや驚いて言った。何浪しているのだ。

「三浪めです」

江藤はそれがどうしたという顔で答えた。

「ぼくが狙《ねら》っているのは、K大の医学部ですから」

浪人するのも当たり前だという口調で江藤は付け加えた。

「もっと楽な学部かレベルの低い大学にくら替えすれば、とっくに受かっていたんですけれどね。父が地元で開業医をしているんです。いずれぼくが継がなきゃならない。だから医学部しか受けられないんです。それに」

江藤の顔にはじめて気弱そうな表情がふっと浮かんだ。

「K大の医学部は父や祖父の母校でもあるし……」

最後は呟くような声だった。

貴島には江藤順弥という青年の育った家庭環境が目に見えるような気がした。父親が開業医だという家庭は、おそらく物質的には恵まれた環境だったにちがいない。それは、三浪もしているわりには、こんな立派なマンションをあてがわれていることからも十分推察できる。

たぶん郷里でも、勉強だけに専念できるような個室が幼いときから用意されていたのだろう。その外界から遮断された、ぬくぬくとした繭《まゆ》の中で彼は育ってきたのだろう。心地よいその繭は、しかし、彼に精神的な糧《かて》まで与えてくれたのだろうか。

外から見たかぎりでは、何の傷も病気もないように見える健全な若木だが、中を断ち割ってみると、ぽっかりと大きなうろができている。貴島はなぜか江藤という青年からそんな病んだ木を連想した。


「いけすかねえ野郎だな」

江藤のマンションを出るなり、倉田が唾でもはきかねない口調で言い捨てた。考えてみると、江藤は倉田のもっとも嫌いそうなタイプかもしれなかった。

貴島が、「病《やま》い」と感じたところを、倉田はいかにも彼らしく、単純かつ主観的に、「いけすかない」と感じたのだろう。

「しかし、江藤にはアリバイがありますね」

隣りの松永という住人にあたってみると、確かに、昨夜、九時過ぎに、江藤のステレオの音がうるさいので文句を言いに行った。すると、江藤が出てきて、すぐにステレオの音を小さくしたと言うのである。

この松永という住人と口裏を合わせているのでなければ、確かに江藤は事件当夜、自宅にいたことになる。

「でも何か妙だな。あの二人、事前に打ち合わせたってふうに見えなかったか」

「江藤と隣りの住人ですか」

「いやそうじゃなくて、坂田と江藤だよ」

それは貴島も感じていた。何がどうとはうまく言えないのだが、あの三人には何かある。そんな気がしてならなかった。自分たちの訪問を受けたあとで、坂田が江藤にすぐに電話をかけたらしいのも、たんに親友の死に驚いて、それをもう一人の親友に知らせたというだけではないような気がする。慌てて知らせざるをえない何かがあったのではないか。

それに、中学の同級生というだけで、高校も大学も違うのに、今まで交友関係を保ってきたというのも、考えようによっては、やや不自然なものを感じる。むろん世の中にはそんな友情もあるだろうし、たまたま三人の相性がよかっただけだと言ってしまえばそれまでだが、江藤が自嘲《じちょう》気味に漏らした「腐れ縁」という言葉に貴島はこだわった。

言葉のアヤにすぎないのかもしれないが、江藤が三人の関係について、つい口を滑らせたのだとも考えられる。

前島博和。坂田勝彦。江藤順弥。この三人の間には、中学のときから引きずっている「何か」があるのではないか。三人の間に「腐れ縁」を生じさせた「何か」が。そして、その「何か」が、今回の前島の変死と無関係ではないとしたら？

とすれば、その「何か」は、息子の変死の知らせを受けて、浜松から上京しているはずの前島の両親から聞き出すことができるかもしれない。

前島の両親は今朝がた新幹線で上京してきて、息子の遺体との対面を済ませたあと、司法解剖が済むまで、新宿かどこかのホテルに滞在しているはずだ。

「前島の両親が滞在しているのはどこのホテルでしたっけ」

貴島は倉田に聞いてみた。

「たしか――Sホテルだ」

2

Sホテルは新宿東口のそばにあった。フロント係に用件を伝えてロビーのソファで待っていると、フロントの連絡を受けた前島夫妻がすぐにおりてきた。

こういうのを蚤《のみ》の夫婦というのだろうか。痩《や》せ細《ほそ》って小柄な夫に対して、妻のほうは大柄で太っていた。

しかし、二人とも、突然すぎる息子の死に直面して、憔悴《しょうすい》しきっているように見えた。

聞くところによると、浜松市で金物屋をやっているということだった。

貴島が立ち上がって挨拶しようとすると、妻のほうがかみつくような勢いで、「犯人はつかまったのか」とたずねてきた。「まだだ」と答えると、がっかりしたように肩を落とした。

「その件で、お二人に少し伺いたいことがあるのですが」

貴島はロビーのソファに座り直した。前島夫妻も貴島たちの前に腰をおろす。

「博和君と最後に会ったのは？」

まずはそう切り出した。

「今年の七月です。夏休みに入って、十日ほどうちに帰ってきました」

答えたのは妻のほうだった。

「そのとき、博和君は何か話していませんでしたか。何らかのトラブルに巻き込まれたとか、誰かに恨まれているとか――」

「それは他の刑事さんにも聞かれましたが、何も博和からは聞いていません」

母親は両手でハンカチを握り締めたまま言った。

「博和君はサラ金から三百万ほど借りていたそうですが」

そうたずねると、母親は露骨に不快そうな顔になった。

「でも、それは去年私どもが奇麗に返しました」

「そのあとで、またどこかから借りたということは――」

貴島が言いおわらないうちに、母親は「とんでもない」という顔をした。

「そんなはずはありません。取立て屋に威《おど》されて、博和も懲りたようでした。二度とあいうのには手を出さないと言ってました。また借りるなんてことは考えられません」

きっぱりと言う。

やはりそちらの線はなしか。

「ところで、博和君は中学三年のときに、坂田勝彦君や江藤順弥君と同級だったそうですね」

母親はこくんと頷いた。妻に養分を吸い取られたような父親のほうは妻にしゃべらせて自分はずっと黙っていた。

「三人とも高校は違ったとか?」

「ええ。博和がN高で、坂田の勝彦君がM高。江藤さんとこの順弥君がいちばんできて、K高でした」

「それぞれ違う高校に進んだのに、相変わらず付き合いが続いたとは、よほど気が合ったようですね」

そう言うと、母親は奇妙な顔つきになった。

「気が合ったというか――」

そう言いかけて口をつぐんだ。ちらと窺《うかが》うように夫のほうを見る。

やはり何かある。貴島はそう直感した。

「刑事さん。物盗《もの と》りとかは考えられないのですか」

父親が口を開いた。

「物盗りという線は薄いと思いますね。財布や貯金通帳には手がつけられていなかったし、博和君が転落する直前、博和君の部屋を訪ねてきたらしい男の声をマンションの住人が聞いているのです。犯人は博和君と顔見知りで、何らかの恨みを抱いていた人物である可能性が高いと思われます」

「あんた、もしかして、あの吉本さんってことは――」

母親がはっとした顔つきで夫を見た。

「馬鹿な。何を言い出すんだ」

父親が低い声で一喝した。

「でも、あんた。あの人は博和たちを恨んでいたじゃないの」

「やめんか。そんな古い話は」

「だって、あんた」

「昔のことだ。今更こんなところで蒸し返してどうなる」

「いや、昔のことでも結構です。お話し願えませんか」

貴島はすかさず言った。

「だけど、中学のときの話ですよ。今度の件とは関係ない――」

父親がそう言いかけると、

「とにかく」

業《ごう》を煮《に》やしたように倉田が口をはさんだ。

「その昔の話とやらを話してくれませんかね。事件に関係あるなしはわれわれが決めますから」

「……」

前島夫妻は顔を見合わせて黙っていたが、目で夫の許しが出たのか、妻のほうがようやく口を開いた。

「中学三年の二学期のことです。博和と同じクラスだった吉本という生徒が自殺したんです」

「自殺？」

倉田が身を乗り出した。

「ええ。学校の裏にあった神社の木にロープをかけて、そこで首を吊ったんです。ノートの切れ端に書いた遺書が残っていて、『受験勉強にもう疲れた』というようなことが書いてあったそうです。吉本君はあまり成績はよいほうではなくて、高校進学も危《あや》ぶまれていたので、それに悩んで自殺したのだと最初は思われていました。

でも、そのうち――」

母親はその先を話すのがつらいというように顔を歪めた。

「噂がたったんです」

「噂？」

「ええ。吉本君がクラスメートにいじめられていたらしいという噂が。自殺した日の前日、吉本君が数人の生徒たちに神社の境内《けいだい》で小突かれたり足蹴にされたりしているのを見たという生徒が現われて――」

「その数人の生徒たちというのが？」

何となく話の成り行きが分かりかけて、貴島は言った。

「博和と坂田君と江藤君の三人だったというんです。吉本君は受験勉強に疲れたのではなくて、博和たちにずっといじめられていて、それを苦にして自殺したのではないかという噂が広まったんです。博和を問いただすと、吉本君をときどき殴ったりしていたことは認めました。でも、いじめていたわけではないんです」

母親は慌てて訂正した。

「勉強を見てやっていたのだと博和は言いました。あの学校では、試験のたびに、成績のよい生徒のベストテンを廊下に貼り出していたのですが、クラスごとの平均点も貼り出すのです。このベストテンのトップをいつも占めていた江藤君がいたにもかかわらず、博和のクラスは平均点では他のクラスに劣っていました。それというのも、吉本君のようなできない生徒がいたからです。それで、江藤君がこの吉本君の勉強を見てやると言い出したのだそうです。江藤君としてはクラスの平均点も学年トップにしたかったのでしょう。けっして悪気《わるぎ》があったわけではなかったのです。むしろ好意でしたことなのです。ただ、吉本君があんまり物おぼえが悪いので、つい腹をたてて手を出したことはあったようです。それをいじめていたと勘違いされて――」

母親はここまで話すと、感きわまったように涙声になった。父親は胃薬でも嘗《な》めたような苦い顔をしていた。

「あげくの果てに、吉本君は自殺したのではなくて——」

母親はそう言いかけたが、父親が咳《せき》ばらいしたので、思い直したようにこう続けた。

「もちろん、私どもは博和の言うことを信じました。でも、噂を信じた吉本さんが——吉本君のお父さんです。吉本君は、板金工をしていた父親と二人暮らしだったのです。この吉本さんが無責任な噂を信じて、酔っ払うと、息子をいじめた三人をいつかおれの手で絞め殺してやるといきまいていたそうです」

「しかし、六年もたっているわけだろ。六年もたってから息子の恨みを晴らそうとしたとはね」

倉田が唸るように言った。

「だから、昔の話だと最初にお断わりしたじゃありませんか。それを刑事さんが話せと言うもんだから」

それまで憮然《ぶぜん》とした表情で黙りこくっていた父親が食ってかかるように言った。倉田は「そういえばそうだった」というような顔になった。

「その吉本という人は幾つくらいの人です？」

貴島がたずねた。

「あの当時で五十を過ぎていたと思います」

今生きていれば六十前後というわけか。中野のマンションの一階の住人が見たという男は、まだ二十歳代の若い男だったという。もし、その男が、前島の部屋の前で喚《わめ》いていた男と同一人物だとすれば、吉本という線は考えられない。いくらなんでも六十の男を二十歳代に見誤ることはないだろう。

「ところで、博和君が出た中学というのは」

貴島は手帳を取り出しながらたずねた。

「N中学です」

「三年何組です？」

「一組です」

「担任の先生をおぼえていますか」

「たしか――」

母親は思い出すような目で言った。

「日比野という若い男の先生でした」

3

「吉本という男の線は考えられんだろう」

Ｓホテルを出るなり、倉田が決めつけるように言った。

「マンションの住人が見たという男とは年が違いすぎている」

「でも、ちょっと気になりますね」

貴島は考え込みながら呟いた。

「気になるって？」

「あの夫婦、六年前の事件について全部話してないんじゃないかって気がするんですよ」

「というと？」

「母親のほうが言いかけてやめたことがあるでしょう。『あげくの果てに、吉本君は自殺したのではなくて――』と言いかけて、夫が咳ばらいをしたのでやめた。あのあと、何と続ける気だったんでしょうかね」

「『自殺したのではなくて』とくれば、そのあとは」

倉田も考える顔になった。

「殺されたってことか」

ぎょろりとした目で相棒を見る。貴島は頷いた。

「たぶん、彼女はそう続けようとしたのだと思います。夫の咳ばらいは、そこまで言うなという合図だったのかもしれません」

「吉本という生徒は、前島たち三人にいじめられていただけでなく、自殺に見せかけられて殺されたというのか」

「そんな噂まで広がっていたのかもしれません。それがただの噂だったのか――」

「しかし、遺書があったと言うし、首吊りなら自殺以外には考えられんだろう。地元の警察が、絞殺を首吊りと間違えたとは思えんがね」

「遺書くらい、威して書かせることもできるでしょうし、何も絞殺を首吊りに見せかけなくても、三人がかりでやれば、吉本という生徒を神社の木に吊るすことは不可能じゃないと思いますがね……」

「まさか、あの三人がそこまで？」

倉田はぎょっとしたような顔になった。

「そう考えると、あの三人がその後の進路が違っていたにもかかわらず、ずっと交友関係を続けていた理由が分かるんです。江藤の言っていた『腐れ縁』という意味も分かります。吉本という生徒が自殺したのではなくて、あの三人に殺されたのだとしたら、三人には親にも言えない秘密があったことになります。その後ろ暗い秘密を守るために、中学を卒業したあとも、互いに互いを牽制《けんせい》しつづける必要があった――」

「だとすると、江藤や坂田にも、前島を殺す動機があったことになるな」

倉田がはっとしたように言った。

「六年前の事件の真相を前島が誰かに話そうとしたのかもしれん。それで、江藤たちが口封じに前島をという線も考えられるじゃないか」

「六年前の事件が今回の件に関係があるかどうかは分かりませんが、あの事件をもう少し洗えば、少なくとも、三人の関係がもっと明確になるような気がします」

「でも、あの夫婦からはこれ以上聞き出せそうにもないな。まさか、死んだ息子に鞭《むち》うつようなことは、たとえ知っていても、親が話すとは思えない」

「そうですね。N中学をあたるか、あるいは、所轄署をあたって、あの事件についてもう少し詳しい情報を得る必要がありますね」

「浜松だったな。浜松なら新幹線で二時間というところか。今から行けば、日帰りできそうだな」

倉田は腕時計を見ながら言った。

4

浜松駅で二人はタクシーを拾うと、まず浜松中央署に向かった。そこで六年前の事件についてたずねると、並木《なみき》という古参の署員が資料を見せてくれた。

「死んだのは吉本豊《ゆたか》という生徒でした。N中学の裏にある小さな神社の木の枝にロープをかけて首を吊っていたのです。九月に入ってすぐのことです」

並木刑事はそう説明した。

「自殺に間違いはなかったのですね」

貴島は資料にざっと目を通してからたずねた。見たところ、不審な点はなさそうだ。

「それは間違いありません。そばには自筆の遺書が残っていました。ノートの切れ端に『受験勉強に疲れた。死んで楽になります』と鉛筆で書いて、石で飛ばないように置いてありました。筆跡鑑定の結果、吉本君の筆跡に間違いないことが分かりましたし、解剖の結果からも、縊死《いし》であることは間違いありませんでした。

それに、吉本君はあまり学校の成績は芳《かんば》しくなかったようで、高校進学も難しいと言われていたようです。それで、受験勉強も本番を迎えた夏休み明けということもあって、将来を悲観して発作的に自殺したのではないかと――」

「吉本君がクラスメートにいじめられていたという噂があったそうですが？」

貴島がそうたずねると、並木はああという顔になった。

「ええ。しかし、それも調べてみると、いじめていたのではなくて、勉強を教えていたというのですよ。クラスの平均点をあげるために、できる生徒が吉本君の面倒を見てやっていたようなのです。ただ、熱心さがあまって、ときどき手が出てしまったようで」

「そのできる生徒というのは、江藤、前島、坂田の三人ですね」

「ええ、たしか江藤病院の坊ちゃんがいたのをおぼえてます。江藤病院には、当時、うちの家内が世話になっていたもので――」

「そのとき、吉本君の死が自殺に見せかけた他殺だったのではないかという噂は出ていませんでしたか」

並木は「え」という顔をした。

「吉本君が自殺に見せかけられて、江藤君たちに殺されたのではないかという――」

貴島がなおも言いかけると、並木が思い出したような顔になった。

「ああ、それなら、噂というより、吉本君の父親が言い出したんですよ」

並木はあっさりと言った。

「まあ、よくあることなんですが、親としては自分の子供が自殺したなんて思いたくないものです。それで、誰かに殺されたんだと思いたかったんでしょう」

「つまり父親の妄想《もうそう》ってことですか」

「いや、妄想というわけでもないのですが」

並木の口調が曖昧《あいまい》になった。

「話を聞いてみると、それなりに筋が通っているのです。豊君の遺書には、『受験勉強に疲れた』というようなことが書かれていたが、息子がこんなことを書くはずがないと吉本さんは言うのです」

並木の話によると、吉本孝三《こうぞう》は息子の豊を自分と同じ板金工にするつもりでいたらしい。豊のほうもそれを了解していたという。だから、二人とも高校進学にはそれほどこだわってはいなかった。

「ただ、できれば高校くらいは行かせてやりたいと吉本さんは思っていたようで、もし行ける高校があれば進学させるつもりだったようなんです。でも、それはあくまでも行ければの話で、無理をしてまで行く必要はないと考えていたようです。だから受験勉強をしろと豊君に言ったことは一度もなかったし、豊君がうちで受験勉強らしきことをしているのも見たことがない。つまり、息子は疲れるほど受験勉強などしていなかったし、する必要もなかったというのです」

「自殺の動機が納得できないということですか」

「そうです。それに、吉本さんだけでなく、豊君の担任までが他殺の疑いを持っていたようなので、いちおうは調べました」

「クラスの担任が？」

貴島はいささか驚いて聞き返した。クラスの担任が、教え子の江藤たちに殺人の疑いを持っていたというのか。

「たしか日比野とかいう？」

「そうです。若い男の先生でした。その先生が、吉本君の検死結果を知りたがって、『本当に自殺だったのか』としつこく聞いていったことがありました」

「担任はなぜ他殺の疑いを持ったのです？」

「何でも、クラスの生徒で、吉本君が自殺する前日、江藤君たちが神社の境内で吉本君をいじめているのを目撃した者がいたというのです。そのときに、江藤君がロープのようなものを持っていたと」

「江藤がロープを持っていた？」

「それで、もしかしたら、江藤君たちが吉本君を三人がかりで吊るしたのではないかと、その先生は疑いを持ったらしいのです。しかし、江藤君はその件に関してはきっぱり否定しましたし、クラスの生徒が目撃したというのも前日のことですからね。それに、江藤君たちには吉本君を殺すような動機はありませんでしたし、結局、自殺ということに落ち着きましたが……」

5

「担任が江藤たちを疑っていたというのはただ事ではないな。日比野という担任が何か知ってるかもしれん。夏休みだから、学校にはいないかもしれんが、行ってみるか」

倉田が言った。

貴島もむろんそのつもりだった。生徒は夏休みでも、教師のほうは普段と同じように出勤している場合が多いと聞いたことがある。日比野も出勤しているかもしれない。そう思い、浜松中央署からN中学に向かった。

N中学の事務室で、面会を申し出てみると、日比野という教師はいないという返事が返ってきた。

「六年前に三年一組の担任をしていた日比野先生ですが」と説明すると、古株らしい女性の事務員が、「ああ、あの日比野先生なら退職しましたよ」と答えた。

退職？

貴島は怪訝《けげん》に思った。日比野はまだ若い教師だったらしい。まさか定年退職したわけではあるまい。他の学校へ移ったのかと思い、そうたずねてみると、そうではないと言う。

「教師はおやめになったようですよ」

「いつ？」

「もう五年ほど前になりますか」

「日比野先生のクラスの生徒が自殺した翌年ですね」

貴島がたずねると、事務員は心なしか厭《いや》な顔をした。

「クラスの生徒が自殺したので、その責任を感じてやめられたんですか」

「それもあったようですが――」

事務員の口は重たかった。

「他に何か？」

「体罰ですよ」

別の、もう少し若い男の事務員がいきなり言った。

「体罰？」

「日比野先生、クラスの生徒に暴力をふるったんです。平手で生徒の顔を殴って、左耳の鼓膜《こまく》を破る怪我をさせたんです」

「それでやめさせられたんですか」

「いや、やめさせられたというわけではないですけどね。三年の担任ということもあって、いちおう、生徒を卒業させるまではおられたんですが、春休み前に辞表を出されたと聞いています」

「それで今は？」

「さあ詳しいことは知りません。すぐに引っ越したとか聞きましたがね」

「どこへ？」

「そこまでは。ああそうだ。日比野先生のことなら、山口《やまぐち》先生が知ってるかもしれません。親しくされていたようだから」

「その山口先生というのは？」

「美術の先生です。さっき見かけたから、今日は学校に出てるんじゃないのかな。きっと三階の美術教室にいますよ」

貴島たちは礼を言って事務室を出ると、近くの階段を使って三階まで行った。三階の突き当たりの、美術教室と書かれた教室を覗いてみると、数人の生徒たちがイーゼルを立てて、石膏《せっこう》デッサンをしていた。

三十年配のラフな恰好をした男が生徒たちの間を回って指導している。夏休みだから授業とは思えない。十人そこそこという生徒の数から考えても、部活動か何かだろうと貴島は思った。

「失礼ですが、山口先生ですか」

戸口のところでそう声をかけると、生徒のデッサンを修整していたらしい美術教師は顔をあげた。

「そうですが」

不審そうな顔つきで貴島たちを見る。

「警察の者ですが、ちょっといいですか」

そう言うと、山口はやや強張った表情になり、生徒のそばを離れるとやってきた。生徒たちはデッサンを描く手をとめて、申し合わせたようにこちらを見ている。

「何か？」

教室の外に出ると、山口は怪訝そうな顔でたずねた。

「以前、この学校におられた日比野先生をご存じですね」

「ええ」

「その日比野先生の件で少し伺いたいことがあるのですが」

そう言うと、山口は、「こちらにどうぞ」と言って、美術教室の隣りの小部屋に貴島たちを案内した。

そこは山口のアトリエらしく、描きかけの絵のかかったイーゼルが置かれていた。中に入ると、むっと油絵の具の臭いがした。

「日比野先生とは親しかったそうですね」

貴島がたずねた。

「ええ。日比野君とは教育実習のときから一緒だったもんですから」

山口は乱雑な机の上から封を切った煙草を取り出すと、一本くわえ出し、それにライターで火をつけながら言った。

「日比野先生がやめた理由をご存じですか」

「ええまあ……」

山口は鼻から煙を出しながら、気乗りのしない顔で言った。

「自信をなくしたんです」

「自信をなくした？」

「教師としてやっていく自信ですよ」

「それは、クラスの生徒が自殺したからですか」

「それもあります。吉本が――自殺した生徒は吉本というのですが、クラスメートにいじめられているのにも気づかず、むざむざ死なせてしまったと、日比野はあの事件のあと、ずいぶん悩んでいたようです」

「聞くところによると、日比野先生は、吉本君の死を自殺ではないと疑っていたようですね」

　貴島がそう言うと、美術教師はややとがった目で見返した。

「そうです。彼としては苦しかったと思いますよ。疑わなければならないのは、自分の教え子だったんですからね。正義感の強い男だったから、もし吉本の死に少しでも他殺の疑いがあるのだったら、それを追及せずにはいられなかっただろうし、かといって、それを追及すれば、もう一方の教え子たちを警察へ引き渡すはめにならざるをえない。そういう板挟みの状態だったのです。そのせいか、あのころ、少しノイローゼにかかっているようでした。だから、つい江藤を殴るようなことをしてしまったのでしょうね」

「江藤を殴った？」

日比野が殴ったのは江藤順弥だったのか。

「江藤というのは、吉本をいじめていたグループのリーダー格だった生徒です。日比野は江藤を放課後呼び出して、そこで話を聞いていたらしいんです。そのとき、何かカッとすることがあったらしくて、江藤を殴ったんです。江藤は左耳の鼓膜が破れる怪我を負いました」

「日比野先生は日ごろから腕力に物を言わせる教師だったんですか」

「いや、違います。それまで日比野は体罰には反対の立場をとっていたんですよ。なかには日常茶飯事的に暴力をふるう教師も少なくなかったんですが、日比野はそういう同僚に対してかなり批判的でした。暴力では何も解決しない。暴力は新たな暴力を生み出すだけだ。彼はいつもそう言ってました。その彼が生徒を殴って怪我まで負わせてしまった。あとにも先にも生徒を殴ったのははじめてだったんじゃないかな。思わず手が出てしまうようなことを江藤が言うかするかしたんだと私は思ってますけどもね」

山口は同情するように溜息《ためいき》をついた。

「しかし、殴った相手が悪かった。江藤の父親というのは、江藤病院の院長だったんです。江藤病院といえば、このあたりでは知らない者のいない大病院です。それに、江藤という生徒は不良でもなければ劣等生でもなかった。成績はトップクラスで品行方正、申し分のない優等生だったんです。その親にさえ殴られたことがないという優等生を鼓膜が破れるほど殴ったとあっては、江藤の親も黙ってはいない。一時は傷害罪で告訴するというところまで話はエスカレートしたのですが——」

山口はそう言って、喫《す》いきった煙草を灰皿に押しつけて消した。

「ま、結局、告訴までには至りませんでした。校長が揉《も》み消《け》しに奔走《ほんそう》したようです。江藤院長と校長はいわゆる竹馬《ちくば》の友《とも》ってやつで、校長にこれ以上事を荒だてないでくれと泣きでも入れられたのでしょう。それに、体罰の原因が吉本という生徒の自殺事件にあることを知って、江藤側としても、あまり騒ぎたてるのは利口ではないと思ったのかもしれません。でも日比野としては、あの段階で教師をやめる決心をしていたようです。ただ、三年の担任ということもあって、他の生徒たちを動揺させてはと、卒業までは待ったのです。あれほど体罰に反対していた自分が、ついカッとして生徒を殴って怪我をさせてしまった。そのことが教師としてこのままやっていく自信を彼から奪ったのだと思いますね」

「それで、日比野先生は今どちらに？」

「東京の小平市です。何でも、小金井市にある小さな出版社に知人の紹介で就職できそうだというので、妹さんと一緒に引っ越していきました」

「住所は分かりますか」

「ええ。年賀状を貰《もら》ったので手帳に控えてあります」

そう言うと、山口は、机の脇に置いてあった布製のバッグを探って、手帳を取り出すと、日比野の住所と勤め先を教えてくれた。

日比野功一というらしい。

日比野に関してはこのくらいでいいだろう、と貴島は思った。あとは東京に戻って直接本人にあたるだけだ。

「ところで、吉本さんの住所は分かりますか」

吉本孝三にも会って話を聞きたかった。

「それが、吉本さんも、あの事件のあと引っ越したみたいなんですよ」

山口は襟首《えりくび》まで伸ばした長髪を掻きながら言った。

「どこへ行ったかはご存じありませんか」

そうたずねると、山口は首を振った。

「さあ知りません。でも、日比野なら知っているかもしれません。吉本さんとはずっと連絡をとっていたようですから」

「そうですか。どうもありがとうございました」

貴島は、日比野の住所と勤め先を控えた手帳をしまいながら山口に礼を言った。

「刑事さん。日比野が何かしたんですか」

山口は不安そうな面持ちでたずねた。

「日比野さんが何かしたというわけではないんです」

そう言うと、山口はほっとしたような顔になった。

「そうですか。それじゃ、日比野に会ったら、ぼくがよろしく言っていたと伝えてください」

頷いて貴島が立ち去ろうとすると、イーゼルの上の何やら怪しげな抽象画をさっきから腕組みをしてじっと睨みつけていた倉田が口を開いた。

「最後にひとつ聞きたいんだが」

「何ですか？」

山口が倉田のほうを見た。

倉田は逆さに見るのかなとでもいうように、首をねじ曲げてキャンバスを見ながら、不思議そうな顔で言った。

「何が描いてあるんだ？」

6

浜松での聞き込みを終えて東京に戻ってきた貴島たちは、日比野功一に会うのは明日にして、いったん中野署に立ち寄った。中野署の二階の会議室で、その日の成果を報告し合う簡単なミーティングを終えた直後だった。

「あんた、このまま帰るのか」

会議室を出ようとした貴島に倉田が声をかけた。

貴島は振り返った。

「そのつもりですが、何か？」

そう答えると、

「うちへちょっと寄っていかないか」

珍しく照れながら、倉田が言った。

これはまたどういう風の吹き回しだ、と貴島はびっくりした。

「いや、なに、その、カミさんがあんたのことをおぼえてて、一度うちに連れてこいとうるさいもんだから」

べつに招待するのは自分の意志じゃないとでも言うように、倉田は慌てて付け加えた。

カミさんねえ。やはり倉田は結婚した、というか、結婚できたらしい。

それにしても、と貴島は思った。今、倉田は「カミさんがあんたのことをおぼえて」と言いはしなかったか。すなわち、倉田の妻とは以前に会ったということか。

貴島は首を傾げた。

倉田の妻になるような物好きな女に心あたりはなかった。

「倉田警部の奥さん、凄い美人ですよ」

背広に袖を通しかけていた若い刑事がにやにやしながら言った。

「会ったとたんに一目ぼれして、そのあとはプロポーズ大作戦だったそうです」

「よけいなことを言うな」

倉田はどなりつけたが、顔がにやけていた。

倉田の妻になった女は物好きなだけではなく、美人だと言うのだ。これは一見の価値があるかもしれない。美しい女も物好きな女も世間にざらにいるだろうが、この二つの特性を兼ね備えた女となるとそう多くはないだろう。世界に数匹しかいない珍獣みたいなものだ。

「まあ、手料理くらいご馳走するから」

倉田の口から出たとはにわかに信じがたい言葉が、まぎれもなく倉田の口からポロリと出た。

倉田の住まいというか新居は、中野署から歩いていける距離にあった。いかにも新婚夫婦が選びそうな小奇麗なマンションだった。

倉田は建物を見上げ、部屋に明かりがついているのを確認したらしく、「ああ帰ってるな」と幸せそうに呟いた。

どうやら妻も働いているらしい。

エレベーターで三階まで行き、「倉田」という表札の出たドアのインターホンを押した。すぐに女の声で返事があった。美人を予想させる声だった。

「おれだ」

倉田は威厳を持って言った。

「お帰りなさい。ドア開いてるから」

声はそう答えた。貴島はおやと思った。この声、どこかで聞いたような記憶がある……。

倉田は胸を張ったままドアを開けた。

靴箱の上には花が飾られ、部屋コロンの甘い薫りがする。玄関は塵《ちり》ひとつなく片づいていた。たたきには華奢《きゃしゃ》な女ものの靴が脱いである。

「おい、連れてきたぞ」

倉田が鬼の首でも持ち帰ったような声でそう言うと、それだけで分かったらしく、「えっ、ほんと」という声がして、バタバタと足音がしたかと思うと、声の主が現われた。

白いスーツを着た三十年配の女性だった。スーツ姿のところを見ると、勤めから帰ってきたばかりのようだった。

その顔を一目見て、貴島は不覚にも「あっ」と言ってしまった。髪形は変わっていたが、その涼しげな美貌《びぼう》には確かに見おぼえがあった。

面食いではないが、やはり男の端くれだから、美人のほうが不美人よりも記憶中枢にしっかりと刻みこまれているのである。

「あ、あなたが倉田さんの——」

そう言ったきり、すぐに次の言葉が出てこなかった。

「妻です」

啓文社《けいぶんしゃ》の敏腕女性編集者——旧姓、河野百合《こうのゆり》はそう言って、にっこり笑った。

7

「河野さんが倉田さんとねえ」

貴島はまだ信じられないというように言った。

「美女と野獣」とはこの夫婦のために作られた言葉ではないだろうか。

河野百合とは、以前、女流作家刺殺事件のときに参考人として一、二度会ったことがある。百合は殺された砂村悦子《すなむらえつこ》という新進作家の担当編集者だった。実は、密《ひそ》かに容疑者として疑ったこともある女性だったのである。

「いったい、どこで――」

知り合ったのかと聞きかけて、もしかしたらあのときかと思い出した。

あれは、やはり砂村悦子の雑誌のほうの担当だった的場武彦《まとばたけひこ》という編集者が失踪した直後だった。

最後に的場に会ったという河野百合から事情を聞くために、倉田と一緒に、啓文社のそばの喫茶店で会ったことがあった。

そういえば、あのとき、倉田は妙に無口でボーとしているように見えた。どうやら、あそこで百合に一目ぼれをしたらしい。おそらく、あのあと、文字どおりの猪突猛進《ちょとつもうしん》の勢いで、百合にアタックしたのだろう。

それにしても、河野百合がよく承知したものだ。当時すでに三十を過ぎているようだったから、よほど結婚に焦っていたのだろうか。

「べつに血迷ったわけでも、結婚に焦っていたわけでもないのよ」

百合はウイスキーグラスを片手に、にやにやしながら、まるで貴島の心中を読んだように小さな声で言った。

台所では、割烹着《かっぽうぎ》をつけた倉田が盛大な音をたてて中華料理に挑んでいた。「手料理」というのは、「妻の手料理」という意味ではなくて、「自分の手料理」という意味だったようだ。

なんと倉田の趣味は料理だという。人は見かけによらないとは言うが、これほど見かけと中身のギャップの激しい人物も珍しい。

「うちの母なんか、ひどいの。倉田を紹介した途端、あんたがそこまで焦っていたとは知らなかったって泣き出す始末なのよ」

百合はそう言って、情けなさそうな顔をした。

「でも、もっとひどいのは彼の実家の人たちよ。彼の実家ってのは松山のけっこう旧家なんだけれど、挨拶に行ったら、彼の祖母だという妖怪みたいなおばあさんが出てきて、あたしの前に、皿に載せた油揚げ一枚、置いていくのよ」

「油揚げ？」

「そうなの。何の儀式かしらと思っていたら、障子ごしにひそひそ話し合う声が聞こえてきたのよ。『これで義男を化かしている白狐も正体を現わすじゃろう』って。人を狐扱いなのよ」

「……」

小声で話しているので、料理に夢中になっている倉田に聞こえる心配はなかった。その証拠に倉田は鼻歌を歌っている。

「みんな、分かってないのよね。結婚なんてものは、しょせん、飽きるか慣れるかの選択にすぎないってことが」

百合は肩を竦《すく》めて言った。

「飽きるか慣れるか？」

「美男に飽きるか醜男《ぶおとこ》に慣れるか」

「ああ」

「たいていの女性は恋愛気分の延長で飽きるほうを選びがちだけれど、あたしは長期構想で慣れるほうを選んだだけのことなのよ。飽きたあとには何も残らないけれど、慣れたあとには何かが残るわ」

「はあ……」

何か非常に恐ろしいことを聞いているような気がしながら、貴島は間の抜けた相槌《あいづち》をうった。

女性というのは、こんなふうに、八百屋でかぼちゃを指で叩いて選ぶように、夫を選ぶのだろうか。

「でもひとつだけ不安なことがあるの」

百合はふと眉を曇らせた。

「何です」

「子供のことよ」

「子供?」

見たところ子供はまだのようだ。

「倉田に似た女の子が生まれたらどうしようかと思って」

言うべき言葉がない。

「でも、今は男女の生み分けもできる時代だから、なるべく男の子を作るようにしようと思っ――」

「おい、あれ、付けておいたぞ」

自分の噂をされているとも知らない倉田が顔を出して言った。

「あ、そう。どうもありがとう」

「共色がなかったんで、白い糸で付けておいた」

「かまわないわ。そうだ。ねえ、これも付けておいてくれる。もう少しで取れそうなの」

百合はスーツの上着の袖口を見せた。

「ほら、ここのボタン。ぐらぐらしてるでしょ」

「いいよ」

倉田は厭《いや》な顔ひとつ見せずに言った。もしかして裁縫《さいほう》も得意なのだろうか。

貴島は唖然《あぜん》として二人を見ていた。

もしかすると、理想的な配偶者を得たのは、倉田義男のほうではなくて、河野百合のほうではなかったか、と思いながら。

8

「ねえ、密室の謎のことだけど——」

夕食のテーブルを囲みながら、ふいに百合が言った。

「ドアの施錠をしていったのは犯人だったとしても、チェーン錠をかけたのは被害者自身だったんじゃないかしら」

百合はどうやら倉田から今回の事件のことを聞いているらしかった。

「前島が自分でチェーン錠をかけたと言うのか」

倉田が太い眉をつりあげた。

「だって、犯人がチェーン錠までかけていったというのはどう考えてもおかしいわよ。自殺に見せかけようとしたなら、血の付いた凶器をそのままにしておいたのはおかしいし、死体の発見を遅らせようとしたとも考えられないわ。前島の死体は部屋の中にあったわけじゃないんだから。密室化する理由がないじゃないの。それにどうやって外からチェーン錠をかけるのよ」

「しかし、犯人に頭をぶん殴られ、首を絞められたあげくに、ベランダから突き落とされた前島に、いつチェーン錠をかける暇なんかあったんだ？」

と倉田。

「あら、あるじゃない」

百合は当然のことのように言う。

「いつ？」

「だから、首を絞められたあとよ」

「馬鹿言うな。殺されかけている男が外へ逃げるならともかく、何でわざわざチェーン錠かけて、自分を殺そうとしている犯人と閉じこもる必要があるんだ」

「そうじゃないわ。前島が気がついたとき、犯人はもういなかったのよ」

「え？」

倉田はぽかんとした。貴島のほうは百合の一言にはっとした。

「前島が頭を殴られ、首を絞められ、ベランダから突き落とされたということを、一連の連続した犯行だと考えるから、チェーン錠をかけたのは犯人だという答えしか出てこないのよ。でも、前島は頭を殴られ首を絞められてもまだ生きていたわけでしょ」

解剖結果はまだ出ていなかったが、前島の直接の死因は転落によるものであることはほぼ間違いない。

「頭を殴られ首を絞められたというところまでは、たぶん一人の犯人による連続した行為だったと思うわ。でも、首を絞められてから転落死するまでには、ある程度時間がたっていたんじゃないかしら」

百合はそう言って、手にしていた箸をタクトのように振り回した。

「つまり、前島は首を絞められたあと気絶したのよ。金属バットで頭を殴られたんだから、しばらく意識不明になったとしてもおかしくないわ。ぐったりした前島を犯人は死んだと思い込んでしまった。それで、死体の発見を遅らせるためにドアを施錠して逃げた。ところが、犯人が逃走したあとで、前島は意識を取り戻した。それで、犯人が舞い戻ってくるのを防ぐために、自分でドアのチェーン錠をかけた——」

倉田は口を開けたままだった。

「どう？　こう考えたほうが、犯人がチェーン錠をして逃げたと考えるよりもはるかに合理的でしょう？」

「確かに一理ありますね……」

貴島が唸るように言った。

百合の推理はちょっとしたコロンブスの卵だった。言われてみれば、なんでこんな簡単な推理をもっと早く思いつかなかったのかと自分で自分の頭を殴りつけたくなるようなことだったが、意外に思いつきにくい。

「しかし――」

貴島が言いかけると、倉田が貴島が言おうとしたことをそのまま口にした。

「チェーン錠に関してはおまえの言うとおりかもしれない。チェーン錠には前島の指紋しか付いていなかったしな。ただ、そうなると、前島を突き落としたのは誰なんだ」

「それは前島自身ということになるわね」

百合はこともなげに言ってのけた。

「自殺ってことか」

「自殺は考えられないわ。マンションの人が悲鳴を聞いたというし、自殺だとすると、スニーカーを履いていた理由がさっぱり分からない。それに、誰かに襲われて命びろいしたあとで、せっかく助かった命を自分で捨てるというのもおかしな話だわ」

「じゃ、何だっていうんだ。あれは事故だったというのか」

「そうね。結論から言ってしまうと、そういうことになるわね」

百合は自信ありげに頷いた。

「転落直前に前島の部屋を訪れた男だけど、あたし、やっぱりサラ金の取立て屋だと思うのよ」

「でも、今のところ、前島がサラ金から金を借りていたという事実はない。去年のやつはすでに返しているし」

倉田が言った。

「だったらサラ金でなくても、個人的に借りたのかもしれないし、お金ではないのかもしれないわ。とにかく、その男というのは、前島が会いたくない男だったのよ。その男の突然の訪問にうろたえた前島はとっさに逃げようとしたんじゃないかしら。だから、スニーカーを履いた——」

「ちょっと待て。逃げるってどこへ？」

倉田が唖然とした顔で聞き返した。

「外へよ」

「外って、七階だぞ。七階の部屋からどうやって外に逃げるんだ」

「外は外よ」

それまで論理的だった百合の論法がいきなり強引になった。

「そうだわ。外というか隣りよ」

今思いついたというように言い直した。

「隣り？」

「隣りに逃げようとしたのよ。ベランダから隣りのベランダに移ろうとしたんじゃないかしら。それで誤って転落した――」

「だとしたら、前島の死体は、隣りの702号室のベランダとの境の真下に落ちるはずだな」

「もちろんそうだわ。重力の法則に従えばね」

「それじゃ、前島は重力の法則に従わなかったことになるな」

「………」

「斜めに落ちたんだからな」

第四章　第二の殺人

1

八月二十三日、火曜日。

貴島と倉田は中央線で武蔵小金井に向かった。元N中学の教師だった日比野功一に会って話を聞くためである。

日比野の職場である「新星社《しんせいしゃ》」は、住所からすると、武蔵小金井駅周辺のマンションの一フロアにあるらしい。

その新星社を訪ね、日比野に面会を求めてみると、編集長の話では、日比野は昨日から欠勤していると言う。

「病気か何かですか」

貴島がたずねると、編集長は首を振って、

「いや。何でも妹さんが土曜の夜から行方不明だとかで――」

「行方不明？」

「日比野君は両親を早くになくして、子供もないから、この妹さんが唯一の肉親らしいんですよ。その妹が行方不明とあっては、仕事も手につかないでしょう。ちょうど夏休みをまだ取ってなかったんで、しばらく休みを取ったらどうだと私のほうから言ったのです」

貴島と倉田は思わず顔を見合わせた。

偶然とはいえ、間の悪いところへ来てしまったな、と貴島は思った。

しかし、ここまで来て、日比野に会わないわけにはいかなかった。貴島と倉田は日比野の勤め先を出ると、タクシーで、小平市天神町にある自宅のほうに向かった。

タクシーをおりて、日比野の自宅前まで来たところで、ちょうど三十年配の背の高い男が玄関から出てきたところに出会った。年恰好からすると日比野功一のようだ。

「失礼ですが」

貴島は声をかけた。

「日比野功一さんですか」

そうたずねると男は頷いた。妹が行方不明というのはどうやら本当らしい。憔悴《しょうすい》しきった顔にはまばらに不精髭《ぶしょうひげ》が生えていた。

「ちょっと伺いたいことがあるのですが」

貴島は警察手帳を見せながら言った。

「何か？」

満足に寝ていないことを示すような充血した目で日比野は貴島たちを見詰めた。

「日比野さんは、以前、浜松のN中学で教師をされていたことがありますね」

そう切り出すと、日比野は探るような鋭いまなざしで貴島を見ながら、「ええ」と短く答えた。

「三年一組の担任をされていましたね」

「それがどうかしたんですか」

日比野は聞き返した。

「前島博和という生徒をおぼえていますか」

「まさか――」

日比野の顔にはっとしたような色が浮かんだ。

「マンションから転落死した大学生というのは、やっぱり、あの前島だったんですか」

「そうです」

「新聞で見て、名前と年が同じだったので、まさかと思っていたんですが」

茫然としたように呟く。

妹が行方不明になっているところへ、昔の教え子の変死まで聞かされて、日比野はまさにダブルパンチを受けたようだった。

「編集長から聞いたのですが、妹さんが行方不明になっているとか――」

そう聞いてみると、日比野は苦悩に満ちた目で頷いた。

「土曜の夜から帰ってこないんです。今も、警察の人が来てくれてるんですが、電話の前でじっと待っているのに耐え切れなくなって、ちょっと表をぶらついてこようと思って出てきたんです」

日比野は大きな溜息をつくと、このさきにある公園に行こうとしていたところだと言った。

「それなら話はそこで」

「電話の前でじっと待っているのに耐え切れなくなって」という日比野の言葉に何か引っかかるものを感じながらも、貴島はそう言った。

日比野は貴島たちを小さな公園に案内した。まだ午前中ということもあってか、公園には猫の子一匹いなかった。

「前島博和は殺されたんですか」

日比野は木陰のベンチに腰かけると、ズボンのポケットから煙草を取り出しながらたずねた。

「その疑いはあります」

貴島が答えた。

日比野は黙って煙草に火をつけた。

「ところで、六年前に吉本豊という生徒が自殺した事件がありましたね」

そう言うと、日比野は何も答えず、ただ目だけをあげた。

「聞くところによると、吉本君の父親は、豊君の死は他殺だと思い込んでいたようですが」

「そのことが前島の転落死と何か関係があるのですか」

日比野は怪訝そうな顔をした。貴島は手短に、前島を恨んでいそうな人物を探していると話した。今のところ、吉本豊の父親の吉本孝三しか該当《がいとう》する人物がいないことも。

「まさか」

日比野の目が大きく見開かれた。

「吉本さんが前島を殺したなんて思ってるんじゃないでしょうね」

「前島君の両親の話では、吉本さんはだいぶ前島君たちを恨んでいたようですね。いつかおれの手で絞め殺してやると言っていたとか」

「それは六年前の話ですよ。今ごろになって、まさか――」

「吉本さんの現住所は分かりますか」

「福島の飯坂《いいざか》温泉です。そこで、小さな旅館をやっている姉のうちに厄介《やっかい》になっていたようです――」

一人息子を失って、すっかり生きる気力をなくした吉本孝三は、それからというもの、仕事もせずに酒びたりの毎日を送るようになったらしい。そんな弟の身を案じた実姉が自分のうちに引き取ったという。

「ただ、ここ二年ほど連絡が取れなくて……」

「日比野さんも、吉本君の事件は自殺ではないと思っていたようですね」

貴島はそう聞いてみた。

日比野の顔に新たな苦痛の色が走った。

「ええ」

「そう思われた根拠は？」

「ひとつは吉本の自殺の動機です。『受験勉強に疲れた』というのは、私にはどうしても納得できなかった。というのは、吉本はあのころ、すでに高校進学をあきらめて、中学を出たら、父親のあとについて板金工の見習いをすることに決めていたからです。その彼があんな理由で死ぬわけがない。吉本さんもそう思ったようでした」

日比野は当時を思い出すように遠い目をした。

「それともうひとつ。クラスの生徒から、前島を含めた三人の生徒が前から吉本をいじめていたらしいという話を聞いたからです」

「坂田と江藤ですね」

貴島がそう言うと、日比野はそこまで知っているのかという目でちらと貴島を見た。

「そうです。しかも、事件の前日に、神社で江藤たちがロープを手にしていたのを見た者もいる。それでまさかと思ったんです。遺書なんか、威して書かせることもできるし、三人がかりでやれば、首吊りに見せかけて、吉本を吊るすこともできる。吉本というのは、どちらかといえば小柄で痩せた生徒でしたから」

「それで、江藤を放課後呼び出して事情を聞いたのですね」

「ええ。三人の中では江藤がリーダー格でしたから。彼に聞けば何か分かると思ったのです」

「そして、そこで、あなたは江藤を殴った」

「なぜです。なぜ江藤を殴ったんです。体罰には批判的だったはずのあなたが」

「……」

日比野は黙っていた。黙って煙草を喫いきると、吸《す》い殻《がら》をポトンと足元に落として、それをサンダルを履いた足で揉み消した。

「江藤はむろん私の疑惑を否定しました。吉本は自殺したのだと言い張りました。それに、自分たちは吉本をいじめていたのではなくて、クラスの平均点をあげるために勉強を教えていたのだし、何よりも、自分たちには吉本を殺す動機はないとも。言うだけ言うと、彼はもう帰ってもいいかと聞きました。家庭教師が来る時間だと言うのです。私は彼ともう少し話したかった。江藤がクラスメートの死をどう感じているのか知りたかった。彼の弁明は筋は通っていましたが、それはまるで暗記したセリフを棒読みするような感じで、感情のようなものが全く感じられなかった。そのことを言うと、彼は笑いました」

「笑った？」

「笑ったんです。さもおかしいことでもあったように、くすりと。何を笑ってるんだと聞くと、べつにと言う。クラスメートが自殺したことがおまえには面白いのか、と聞くと、そうじゃないけど、もういいじゃないですかと言った。何がいいんだと聞くと、どうせ吉本なんか大人になってもたいした人間にはなりませんよ。社会の隅っこでゴミみたいに生きてるだけです。彼の死なんか社会にとってたいした損失でもないし、無能な親が自分の欲望のためだけにこの世に生み出した無能な人間など、人口を減らすという形でしか社会に貢献することができないんです。それに、社会だけじゃない。ぼくたちのクラスだって、彼がいなくなることでテストの平均点があがります。吉本は死ぬことで社会にもクラスにも貢献したんですよ。

彼はそううそぶいたのです。その瞬間、血が逆流するような怒りに私はわれを忘れました。気がつくと、たまたま通りかかった他の先生に私は羽がいじめにされていて、江藤が耳を押えて倒れていたんです」

日比野は樹影がゆれる地面を見詰めていた。

「あのときの江藤の目が忘れられません。あの目はそのまま、彼を見返している私の目だったのかもしれません。憎悪だけがありました。私は愛の鞭《むち》という言葉を信じません。少なくとも、私があのときふるったのは愛の鞭なんかではなかった。あの一瞬、自分が教師だということも、相手がまだ中学生だということも忘れていました。むろん、教育的配慮なんてことは全く頭にありませんでした。私はただ感情の赴《おもむ》くままに江藤を殴ったのです」

「それで教師をやめる決心をしたのですか」

「それもありますが、私は逃げ出したんです。自分の苦しい立場から」

「というと？」

「私は江藤たちを疑っていました。その疑いは江藤と話し合ったあと、晴れるどころか、ますます強くなっていたのです。それまでは疑いは持ちながらもまさかという気持ちのほうが強かった。ひとつには、本人たちも言っていたように、江藤たちには吉本を殺す動機がなかったからです。でも、江藤と話しているうちに、ふと、彼らが――というより、彼が、吉本を殺そうとした理由を思いついたのです」

「それは？」

「排除です」

「はいじょ？」

一瞬、貴島は意味が分からず聞き返した。

「殺すというより、排除をしようとしたのではないか。ふとそう思いついたのです。クラスの平均点を引き下げている吉本という生徒を排除することで、クラスのレベルをあげようとした――」

「まさか、そのために？」

「殺人までと思うかもしれませんが、江藤にとって、吉本を殺すことは、殺人というよりゲームの延長のようなものだったのではないか。自分と同レベルの人間を殺すという感覚はなかったのではないか。ちょうど道端で寝ているホームレスを面白半分に襲う若者のように、たんに目障《めざわ》りだからという理由だけで排除しようとしたのではないか。そう思うようになったのです。

ただ、私にはこれ以上、この問題を追及していく勇気がありませんでした。ひとつには、糾弾《きゅうだん》すべき人間が私の教え子でまだ子供だったからです。それともうひとつは――」

日比野は唇を嚙みしめた。

「私にも生活というものがあったからです。両親はすでになくなっていて、当時まだ中学生だった妹を養っていかなければなりませんでした。生活をしていかなければならなかったのです。でも、教師を続けているかぎり、この問題から目をそらすことはできないだろうし、これからもこういう問題に直面するだろうと思いました。

学校教師という職業は、見て見ぬ振りをする能力さえ身に付けたら、続けていくのがそれほど難しい職種ではないのです。しかし、本気であらゆる問題に取り組もうなどと考えたら、これほど難しい仕事もないのです。私には、どちらもやり通す自信がありませんでした。

そんなとき、たまたま飲み会で再会した大学の先輩からうちで働かないかと誘われたのです」

さっき貴島たちが会った編集長というのがその先輩だったようだ。

「先輩がやっているのは教育関係の本や雑誌を出している出版社でした。ちょうど子供向けの科学雑誌の編集の手が足りなくて困っていると言われたのです。私は理科が担当でしたし、実は編集の仕事にも興味があって、就職活動のときは、出版社を受けたこともあったくらいですから、この誘いには気持ちが動きました。

それで、考えた末に、教師をやめる決心をしたのです。しかし、今から思えば、私は結局、吉本の自殺事件から逃げ出したかっただけだったのかもしれません」

日比野功一はそう言って、自嘲するように、唇を歪めた。

2

「やはり六年前の事件が今回の件に何らかのかかわりを持っているような気がします

ね」

小平駅に向かいながら貴島は言った。

あれは自殺ではなく、自殺を装った他殺――三人の中学生による殺人だったのではないか。日比野功一と会って、改めて、そんな思いが強くなっていた。

表向きは自殺としてけりがついた事件でも、当事者の心の中ではけっしてまだ終わってはいないのだ。

日比野の中であの事件が今なお尾をひいているように、前島や坂田や江藤の中でも、あの事件はまだ生きつづけているにちがいない。

むろん、息子をなくした吉本孝三の中でも。

「吉本に会ってみますか」

あのあと、いったん家に帰った日比野から、吉本の住所は聞き出してある。福島なら、新幹線で一時間半足らず。浜松同様、十分、日帰りできる距離である。

「うむ」

倉田は唸っただけだった。

そのとき、倉田のポケベルが鳴った。

倉田はあたりを見回し、公衆電話を見つけると、電話をかけに行った。

すぐに倉田が戻ってきた。顔色が変わっている。

「二十一日の午後九時ごろ、前島の部屋を訪れた男が分かった。ついさっき、署のほうに出頭してきたそうだ」

「え」

「ところが、その男、妙なことを口走っているというんだ……」

3

「あれは違うんです」

中野署の取調室で、その男、中川洋平《なかがわようへい》は必死の顔つきで言った。年は二十六。新宿の広告代理店に勤めるサラリーマンだという。

「ぼくは前島という人を訪ねたんじゃないんです」

「じゃ、誰を訪ねてきたんだ」

倉田が目を剝《む》いてたずねた。

「マ、マリ子です」

「マリコォ？」

「八木《やぎ》マリ子。ぼくの彼女です。あのマンションの601号室に住んでいるんです。その彼女を訪ねていったんです」

「ちょっと待て」

倉田が片手をストップというように差し出した。

「701号室のドアをドンドン叩いたり、『開けろ』とか『蹴破るぞ』とか威すような声を出したのは、あんたなんだな」

確認するように言った。

「たぶんぼくだと思います……」

「たぶんぼくだと思います？　人ごとみたいな言い方するんじゃないよ。たぶんってどういうことだよ。ハッキリしろ」

「それが――」

中川は困ったように頭を掻いた。

「酔っ払っていたもんで、そのへんの記憶がハッキリしないんです。でも、マリ子が居留守を使ってると思って腹を立てて、ドアをガンガン叩いたりしたことはなんとなくおぼえているんです」

「二十一日の午後九時ごろだったことは？」

「だと思います」

「しかし妙じゃないか。あんたは601号室の彼女の部屋を訪ねたんだろ。それなのに、なんで701号室のドアを叩いたんだ」

「どうも間違えたみたいなんですよ」

中川は自信なさそうに答えた。

「間違えた？」

「エレベーターを六階でおりたつもりでいたんですが、どうも間違って七階でおりてしまったようなんです。それで、701号室を601号室のマリ子の部屋だとばかり思い込んで――」

中川洋平の話はこういうことだった。

中川は二十一日の夜、恋人の八木マリ子という二十一になる専門学校生と、新宿のスナックで飲んでいたらしい。

そのとき、ささいなことから痴話喧嘩《ちわげんか》がはじまり、怒ったマリ子が、「もう帰る」と言って店を出ていってしまった。

一人店に残った中川はやけ酒をあおっていたがそのうち自分が悪かったと後悔して、謝るためにマリ子のマンションを訪れたのだという。ところが、ウイスキーをがぶ飲みしていたので、すでに酩酊《めいてい》しており、エレベーターボタンを押すとき、7と6を間違えて押してしまったらしい。

7０1号室を6０1号室だと思い込んでいた中川はインターホンを立て続けに鳴らした。が、返事はない。「おれだ」と声をかけても答えない。

中川は、マリ子がまだ怒っていて、わざと居留守を使っているのだと思い込んだ。人がせっかく謝ろうと思ってきたのに、と薄情な恋人の態度に腹がたってきて、つい、ドアをガンガン叩いたり、威すようなことを喚いたのだという。

「それでも、マリ子は出てこないんで、あきらめて帰ったんです」

「あんた、表札を見なかったのか」

倉田が呆れたように言った。

「見ませんでした。というかよく見えなかったんです」

「見えなかった？」

「ぼくは近眼なんです」

なるほどメタルフレームの眼鏡をかけている。

「あの夜、眼鏡をはずして飲んでいたんですが、そのまま、スナックに眼鏡を置き忘れてきてしまったんです。酔っていたこともありますが、視界がぼやけてよく見えなかったために、エレベーターのボタンを押し間違え、おまけに表札も見なかったんです。マリ子の部屋はエレベーターをおりてすぐのドアと思い込んでいたもんで」

「それで、部屋には入らなかったんだな」

「入ってませんよ。鍵がかかっていたんだから」

「部屋を間違えたことにいつ気がついたんだ」

「翌日です。夜、マリ子のところへ電話をしたんです。昨日謝ろうと思っておまえの部屋に行ったのに居留守を使ったなと言ったら、彼女はきょとんとして、そんなはずはないと言うのです。ぼくと別れたあと、彼女は部屋に戻ってきてずっといたが、誰も訪ねてこなかったというのです。そこではじめて、あれと思ったのです。マリ子が嘘をついているようには思えなかったし、もしかしたら、ぼくのほうが部屋を間違えたのかなって。そうしたら、マリ子が７０１号室の大学生が転落死した事件のことを教えてくれたんです。その学生が落ちる直前、不審な若い男が訪ねてきたらしいってことを。あっと思いました。ひょっとしたら、その不審な若い男ってのは、ぼくのことじゃないかって気がついて……」

倉田の顔に恐れをなしたのか、中川の声はだんだん小さくなっていったが、最後でまた元気を取り戻したように力強く言った。

「信じてください。ぼくは７０１号室の学生とは全く関係ないんです。顔も見たことないんです。部屋を間違えただけなんです」

4

その夜。捜査会議の終わった会議室で、倉田は忌《い》ま忌《い》ましそうに呟いた。他の捜査員がすべて引き上げた部屋に、貴島と倉田だけが残っていた。

「全く人騒がせなやつだ」

あのあと、八木マリ子や、二人が立ち寄ったというスナックのマスターにあたって裏付けを取ったところ、中川の供述に間違いないことが分かったのである。

さらに、一階の住人が見た若い男というのもこの中川であったことが、その後の調べで確認された。

つまり、二十一日の午後九時少し前に、前島の部屋を訪れた男——最有力容疑者と目されていた男が、実は、事件とは無関係だったことが判明したのである。

「しかし、こうなると、吉本の線も十分ありえますね。犯人は若い男とはかぎらないわけですから」

貴島は煙草をふかしながら言った。

他の捜査員の聞き込みからも、今のところ、前島を恨んでいそうな人物はこれといって浮かび上がってきてはいなかった。

「そうだな。六年も前の怨恨が動機だなんてと思っていたが、どこかでバッタリ前島に出会って、昔の恨みが再燃したとも考えられる」

「それに、われわれにとっては六年も前のことでも、一人息子をなくした吉本にとっては、そんなに長い年月ではなかったのかもしれませんしね」

「うむ……」

腕組みして倉田は唸ってから言った。

「それにしても、前島のやつ、なんでベランダから転落したんだろう。自殺とは思えないし、事故といっても、どういう状況であんなことになったのか――」

収穫はもうひとつあった。中川の出頭が捜査陣にとってはありがたくない収穫だとすれば、こちらのほうは歓迎すべき収穫だった。

夜になって、ようやく前島の解剖結果が出てきたのである。それによると、直接の死因は、転落による頭部および内臓の損傷で、ほぼ即死だったことが分かった。

だが、興味深いのは、それに加えて、前頭部に脳挫傷《のうざしょう》が見られるという報告だった。

脳挫傷というのは、脳にできた小さな出血のことである。むろん、これは転落時にできたものではなく、それ以前に、鈍器で殴られてできたものであることも明らかになった。その鈍器というのが、現場に転がっていた金属バットであることは、バットに付着していた血液が前島の血液型と完全に一致したことから、間違いないと思われた。

解剖医の報告によると、このような脳挫傷が見られるのは、被害者がバットで前頭部を殴られてから、数時間、生きていたことを示しているというのである。また、脳挫傷ができるほど強く殴られれば、しばらく意識を失うことは十分ありえるということだった。

つまり、昨夜の百合の推理が、解剖によって証明されたわけである。

これで、いわゆる密室の謎はあっさり解けた。ドアの施錠は、二つある鍵のうち、ひとつがいまだに紛失していることから、前島をバットで襲った犯人がかけていったものである可能性が考えられたが、チェーン錠のほうは、気絶から覚めた前島本人がかけたと考えられるからだ。

もっとも、密室の謎は解けても、前島の不可解な転落死の謎はいまだに謎のままだった。チェーン錠をかけたのが前島本人だとしたら、その後の転落は自殺か事故しか考えられないことになる。が、どう考えても、自殺の線も事故の線も考えられないのである。

自殺にしても事故にしても、分からないのは、なぜわざわざスニーカーを履いていたのかということだった。

百合の推理では、前島は、午後九時すこし前に訪れてきた男から逃げるために、靴を履いて隣りのベランダに飛び移ろうとしたということだったが、これはおかしい。まず、前島の死体は、隣りのベランダ寄りというよりも、むしろ離れたところから発見されたということ。

倉田の言ったように、誰かが死体を動かしたのでなければ、前島が重力の法則を無視して斜めに落下したことになってしまう。現場の様子から死体が動かされた形跡は全くなかった。

さらに、転落直前に前島の部屋を訪れた男の正体が分かってみれば、前島がこの男から逃げようとしたというのがそもそもおかしい。前島には、たんに部屋を間違えてどなっている男から逃げる理由などないはずだからである……。

5

八月二十四日、水曜日。

貴島と倉田は東北新幹線で福島に向かった。姉の旅館に身を寄せているという吉本孝三に会うためである。

東北新幹線は一時間半足らずで福島に着いた。そこで福島交通に乗りかえる。福島駅から終点の飯坂温泉まではおよそ二十分。電車の中には、湯治客《とうじきゃく》らしい年配の人たちが多く、大声で世間話を楽しんでいた。

真夏のうだるような暑さの中を電車はのんびりと走った。

飯坂温泉駅に着き、駅員に松村屋のあるあたりを聞くと、摺上川《すりかみがわ》沿いに歩いて七、八分だという。松村屋というのが、吉本の実姉がやっている温泉旅館だった。

貴島たちは、湯治客待ちで停まっているタクシーを尻目に、炎天下の中を川沿いに歩くことにした。

「なんだ、このジジイは？」

倉田が立ち止まった。駅前の銅像を見あげている。杖をついた老人の像が立っていた。倉田にジジイ呼ばわりされたのは、俳聖、松尾芭蕉《まつおばしょう》である。

芭蕉は「奥の細道」の途中、この飯坂温泉に立ち寄っている。

須賀川から福島市山口の安楽院を訪ねた芭蕉は、そのあと飯坂鯖野《さばの》にある医王寺を訪ね、その夜、当時「飯塚」と呼ばれていた、この飯坂温泉に泊まったのである。

しかし、飯坂泊まりは芭蕉にとってあまり快適なものではなかったようだ。

「その夜、飯塚に泊まる。温泉《いでゆ》あれば湯に入りて宿を借るに、土座に筵《むしろ》を敷きて、あやしき貧家なり。灯もなければ、囲炉裏《いろり》の火かげに寝所を設けて臥す。夜に入りて雷鳴り、雨しきりに降りて、臥せる上より漏り、蚤《のみ》・蚊《か》にせせられて眠らず、持病さえおこりて、消え入るばかりになん……」

「奥の細道」の中で、芭蕉は飯坂温泉の印象をこんなふうに記している。

貧しい農家の土間に寝かされ、雨漏りや蚤や蚊に攻められたあげく、持病の胆石《たんせき》まで起こして気を失いそうになった、とさんざんな目にあったらしい。

日本武尊《やまとたけるのみこと》が奥州征伐《おうしゅうせいばつ》の途中、ここに立ち寄って湯治をしたと伝えられる古湯ではあるが、福島の奥座敷と呼ばれて栄えるのは明治以降のことで、当時は泊まる所にもことかくような、さびれた湯治場でしかなかったのだろう。

芭蕉翁の銅像の向こうには、ゆったりと流れる摺上川の上を、白い十綱橋《とづなばし》がかかっている。

さすがに福島の奥座敷と言われるだけあって、摺上川の両岸には大小さまざまなホテルや旅館がひしめきあっていた。

松村屋は摺上川沿いにひしめく旅館の中にあるはずだった。

っていた。

「何が七、八分だ」

たっぷり二十分は歩いたところで、倉田がぶつぶつ文句を言い出した。汗っかきらしく、どぶに落ちて這《は》い上がってきたブルドッグみたいになっている。頭からは湯気が立っていた。

「まさか車で七、八分って言ったんじゃないだろうな」

「そういう背筋の寒くなるようなことを言わないでくださいよ」

貴島もさすがにうんざりして言った。

それでも、ようやく松村屋という古ぼけた看板の出た小ぢんまりとした旅館にたどりつくことができた。

見るからに暇そうな感じで森閑としている。

玄関で声をかけると、「はあい」という声がして、六十過ぎと思われる年配の女性が奥から出てきた。

「いらっしゃい」

玄関のたたきにつったっている漫才師のような二人連れを、客だとでも思ったのか、愛想のよい声で出迎えてくれた。

「警察の者ですが」

貴島が警察手帳を見せると、女の顔から愛想笑いが消えた。

「こちらに吉本孝三さんがおられますね」

「孝三ならわたすの弟ですが」

やはりこの女性が孝三の姉のようだった。

「何か？」

おかみは探るような目で貴島たちを見返した。

「孝三さんに会って伺いたいことがあるのですが、今おられますか」

「話はできねす」

「は？」

「孝三なら二年前に死にました」

「死んだ？」

せわしなく動いていた倉田の扇子《せんす》がぴたと止まった。

「死んだって何で？」

「肝臓さ、わずらって。福島の病院で息、引き取りましたす」

おかみは淡々とした口調で言った。

なんでも、こちらに引き取ったあとも、吉本は酒びたりの廃人のような生活から抜け出せなかったらしく、そのあげくに、肝臓癌《かんぞうがん》に冒《おか》されて、半年ほどの闘病生活の末、二年前の冬に病院でなくなったのだという。

日比野功一の話では、二年前から連絡が取れなくなったということだったが、それも、吉本が病いに冒された末になくなっていたと考えればつじつまがあう。

「せっかくここまで来たので、線香でもあげさせてもらえませんか」

貴島はそう言ってみた。吉本の姉の言葉を疑ったわけではないが、吉本孝三の死をこの目で確かめたいと思った。

「どうぞ」

吉本の姉はしばらくためらっていたが、そう言って、貴島たちを奥に案内した。

奥の六畳間には仏壇が祭ってあった。痩せこけた五十男の写真が飾られている。おかみは弟だと言った。その横には、笑っている丸坊主の少年の写真があった。顔が似ていた。おそらく、これが息子の豊だろう。

貴島は黙って線香をあげた。

6

「やれやれ、骨折り損のくたびれ儲《もう》けってとこか」

松村屋を出るなり、倉田はどっと疲れたという顔で愚痴《ぐち》った。

いちおう、これから吉本がなくなったという福島の病院をあたって確認を取るつもりだったが、貴島としては、まずこれで吉本の線は消えたと思っていた。

「吉本は息子がなくなってから廃人同様だったんだな」

歩きながら、倉田がポツンと言った。

「豊君が生きがいだったのかもしれませんね」

姉の話では、吉本は妻を早くになくして、豊を男手ひとつで育てあげたらしい。いつか豊と二人で仕事をする日を楽しみにしていたのだという。

「おれには日比野が江藤というガキを殴った気持ちがよく分かるね。よくまあ、あのまま殴り殺さなかったもんだと感心するくらいだ。だいたいな、十五やそこらで、社会の役にたつとかたたねえとか、有能だとか無能だとか、そんなことがなんで分かるんだよ。偏差値だか何だか知らねえが、そんなもので、人間の何が分かるってんだ……」

倉田は独りでぶつぶつ言っていた。

倉田の気持ちはわかる。しかし、倉田の発言に、単純に相槌をうつことは貴島にはできなかった。

江藤順弥という青年も、ある意味では被害者ではないかという気がしていたからだ。今の矛盾だらけの教育システムの中で、江藤は江藤なりに、吉本豊とはまた違った意味で、その容赦ない歯車に巻き込まれて、喘《あえ》ぎうちひしがれていた若者の一人だったように思えてならなかった。

おそらく江藤は何も分かっていないにちがいない。三度も失敗しながら、なぜ自分が有名大学の医学部をめざしつづけているのか。ただ、そこが父親と祖父の母校だという理由以外には……。

突然、倉田が立ち止まった。手にした扇子も止まっている。何かに気を取られたようにじっと見ている。

「どうしたんです」

たずねると、倉田は呟いた。

「公衆浴場か」

見ると、道路脇に矢印の付いた看板が立っていて、「公衆浴場。波来湯《はこゆ》」と書いてある。倉田は何を思ったのか、それをじっと眺めていた。

「このあたりは古い湯治場だから、外湯があるんですよ。昔の旅館には内湯がなくて、湯治客は近くの外湯に通っていたようですからね。その名残りでしょう」

そう言うと、倉田は、「ひと汗流していくか」と言い出した。

「ひと汗流すって、タオルも何も持ってませんよ」

呆れて言うと、倉田は、道路をはさんで建っている雑貨屋のほうを見ながら、「タオルくらい、あそこで売ってるだろ」と言うなり、道路を横切って雑貨屋に飛び込んだ。

しばらくして倉田が出てきた。手にはタオル二枚と石鹸《せっけん》が握られている。

「入浴券も売ってたよ。五十円だとよ」

入浴料が安かったのが嬉しいのか、満面笑みを湛《たた》えている。

「おれの奢《おご》りだ」

五十円の入浴料とタオル一枚を奢ってもらってもしょうがないような気がしたが、貴島はしかたなく、「どうも」と言って受け取った。

まあ、汗もかいたことだし、このへんで温泉につかるというのも悪い考えではない。

鼻歌を歌いながら石段をおりていく倉田のあとに続いた。石段をおりて穴蔵のようなところを抜けると、銭湯にかかっているようなのれんがたれていた。

入ってみると、誰もいない。番台というか、受付のところにも誰もいなかった。

「なんだ。これじゃ、黙って入っても分からないじゃないか」

倉田は白けたような顔で言った。

脱衣場は見事に汚れていた。床に敷いた足拭き用のマットなど、日本武尊のころから使っているんじゃないかと思いたくなるほど鼠色に薄汚れている。これで足を拭いたら足のほうが汚れそうだ。貴島はまたいで通った。

脱衣場もさることながら、ガラス戸で遮《さえぎ》られた湯舟というのがまたシンプルというか、タイル貼りの壁に鏡があるだけで、シャワーも何もない。

五十円というのが十分頷ける造りになっていた。

とはいうものの、こんこんと溢《あふ》れ出る温泉は奇麗に澄んでいた。硫黄臭《いおうしゅう》はまるでない。開け放した窓からは、摺上川沿いに建つ旅荘が見える。旅荘の窓には布団が干されていた。

高級旅館の内湯とは比べようもないだろうが、これはこれで、鄙《ひな》びた風情がある。

倉田は湯につかるなり、ご機嫌で、草津節《くさつぶし》を唸り出した。飯坂温泉に来て、草津節はないだろうと思っていると、倉田もそう思ったのか、鼻歌をぴたとやめ、

「吉本が死んでいたとなると、残るは、坂田と江藤の線しかないな」

そう言った。

「そうですね」

「江藤か坂田が口封じに前島をという線も考えられる。それに、江藤のアリバイだが、あれは何の役にもたたなくなったしな。死んだのは午後九時ごろでも、前島が金属バットで襲われたのは、その前だったんだから」

倉田の言うとおりだった。

今までの聞き込みから、前島があの夜の午後六時ごろに近くの定食屋でカレーライスを食べたことまでは分かっている。それは解剖の結果とも一致していた。

前島は外で夕食を済ませ、自室に戻ってきたあと、訪ねてきた犯人に襲われたことは確かだった。もし、前島が襲われたのが午後七時だとすれば、江藤にも十分犯行は可能だったことになる。

「もう一度、坂田と江藤に会って、アリバイを聞き直す必要があるな」

そう言うなり、倉田はざばっと音をたてて、湯からあがった。

7

そのころ、大久保にある森口荘の手前で一台のライトバンが停まった。ライトバンの車体には、「ヤマモト浴槽センター」と書かれている。

ドアが開いて、グレイの作業着を着た若い男が出てきた。男は用具箱のようなものを提《さ》げて、森口荘の鉄階段を軽い足取りで駆け昇ると、202号室のドアのブザーを押した。

二度ほど押したが返事がない。

「坂田さーん。ヤマモト浴槽センターです」

今度はドアをノックしながら声をかけてみた。が、やはり返事はない。人の出てくる気配もない。ドアノブをひっぱってみたが、鍵がかかっている。

ドアの新聞受けに、二日分の新聞が差し込まれたままになっているところを見ると、202号室の住人は留守のようだ。

「参ったな。留守かよ」

ヤマモト浴槽センターの従業員は頭を掻いて、舌打ちした。

「しゃあないな。また大家に立ち会ってもらうか」

そう呟くと、階段を駆けおり、アパートの向かいにある家まで行った。前に一度このアパートには修理の仕事で来たことがある。そのときも、訪問時間を決めておいたにもかかわらず、住人は留守で、大家に立ち会ってもらったことがあった。

男は森口家のチャイムを鳴らした。すぐに年配の女性が出てきた。「202号室の風呂釜の修理に来たのだが、住人が留守らしいので、ちょっと立ち会ってもらえないか」と言うと、大家は合鍵を持って出てきた。

大家が202号室のドアを開けた。男は玄関脇の風呂場に直行した。部屋は六畳と四畳半の二部屋に、二畳ほどのキッチンが付いている。

ヤマモト浴槽センターの従業員が風呂釜の修理をはじめると、大家はしばらくそこに立って見ていたが、ふと眉を寄せた。鼻をうごめかす。何か臭う。生ゴミのような腐《ふ》臭《しゅう》だった。学生の一人暮らしだから、生ゴミでも溜め込んでいるのではないかと大家は思った。

台所の流しの三角コーナーを見たが、ここは奇麗に片づいていた。

大家はドアがほんのわずか開いている六畳間のほうに近づいた。そのドアを開けた。

あっと言ったきり、次の言葉を失った。

六畳間の真ん中に男が倒れていた。紺色のTシャツに白いタオル地のパンツをはいている。仰向けに大の字になっていた。頭部が血まみれで、首には紫色になった絞痕が付いていた。

男は死んでいた。

第五章　ピザパイの謎

1

「それで、死亡推定時刻は？」

　現場を見渡しながら貴島はたずねた。

　六畳ほどの洋間だった。座卓の上には、食べかけのピザパイが載っていた。四分の一ほど残っている。かたわらには、ウーロン茶の缶がある。

　坂田勝彦の遺体はすでに運び出されていた。坂田の遺体が横たわっていたあたりに、わずかに血痕が付着しているだけである。

　福島の病院で吉本孝三の病死を確認してから東京に戻ってきた貴島と倉田は、その足で再度二十一日のアリバイを聞くために、坂田の下宿を訪ねたのだった。

しかし、そんな貴島たちをアパートの前で待っていたのは、赤色灯をともしながら停まっていた警察の車だった。

「死亡推定時刻は、二十二日の午後六時から八時というところらしいんですが、どうも、ピザを食べている最中に襲われたようなのです。被害者の口の端にはピザソースが付いていましたから」

三十年配の所轄署の捜査官がそう答えた。

「注文したピザのようですね」

貴島は座卓の上のピザを入れる箱を見ながら言った。箱にはピザ屋の名前と電話番号が印刷されている。

「ええ。それで、さっそくそこのピザ屋に聞き込んだところ、二十二日の午後六時ごろに注文を受けて、届けたのは六時二十分ごろだということが分かりました」

「Mサイズのようですが、被害者はこれを一人で食べたんですかね」

貴島はふと疑問に思って聞いてみた。

ピザパイには、S・M・Lの三種類のサイズがあって、Mサイズというのは、直径二十五センチほどで、通常二、三人分の大きさである。

坂田が注文したのはこのMサイズだった。

「いやあ、若い男だったら、このくらいは一人でペロリと平らげるでしょう」

所轄署の署員はこともなげに言ってから、「熱いうちに食べはじめたでしょうから、四分の三ほど食べたところで襲われたと考えると、死亡推定時刻は、二十二日の午後七時前後ではないかと思われます。このへんは解剖してみればハッキリすると思いますが」と続けた。

座卓のかたわらには、読まれてくしゃくしゃになった、二十二日付の夕刊が無造作に投げ出されていた。

「死因は？」

「絞殺による窒息死のようです。ただ、その前に頭部を殴られたらしく、前頭部に打撲傷が見られました」

貴島と倉田は思わず顔を見合わせた。前島のときと殺害方法が似ている。互いの目がそう語り合った。

「で、凶器は？」

「頭部を殴ったのは、どうも金づちらしいんですよ」

「金づち？」

「そうです。前頭部のここの頭蓋骨が、ちょうど金づちの形にへこんでいましたから」

捜査官はそう言って、自分の前頭部を指さした。

「金づちで頭部を殴って気絶させてから、何か紐状のもので首を絞めたようです」

「凶器は見つかったのですか」

「いや、おそらく犯人が持ち去ったのだと思います。被害者の持ち物らしい金づちを見つけたのですが、これが凶器ではないようです。大きさが違うので。いちおう鑑識で調べさせていますが」

「首を絞めた凶器のほうは？」

「それも今のところ特定できていません」

「犯人は凶器を持参してきたってことか」

倉田が貴島のほうを見上げながら言った。

「どうもそのようですね……」

貴島は考え込みながら呟いた。

「物盗りという線は？」

「その線はなさそうです。財布や預金通帳などには手を付けられた痕跡がありませんから」

それも同じだった。

「発見されたとき、ドアに鍵はかかっていましたか」

貴島がたずねた。

「ええ。犯人が施錠して逃げたようです。何でも、風呂の修理に来た人に頼まれて、大家が合鍵で開けたそうです」

風呂の修理？　そういえば、と貴島は思い出した。

前に来たとき、坂田は風呂釜の調子が悪いとか言っていた。あのあとで、修理を頼んだのだろう。

鈍器で頭を殴って首を絞め、犯行後、鍵をかけて逃走する手口は、前島のときと酷似している。被害者同士に関係があったことから考えても、おそらく同一犯と思われた。

ただ、ひとつだけ違うのは、前島のときは凶器は現場にあったものをとっさに使ったように見えたが、今回は、凶器を持参してきたということである。つまり、計画的だったということになるが……。

そのとき、表のほうから若い女性のかなきり声が聞こえてきた。

「野次馬じゃありません。あたし、身内の者です。通してくださいっ」

カンカンカンと鉄階段を駆け昇るような音がしたかと思うと、その声の主らしき若い女性が取り乱した様子で玄関に現われた。

「か、勝彦さんが殺されたって本当ですか」

真っ青な顔でたずねた。まだ二十歳《はたち》そこそこという年ごろで、女子大生のようだった。

「あなたは？」

捜査官がたずねると、

「いとこです。坂田江美子《えみこ》といいます」

同姓であるところを見ると、坂田の父かたのいとこのようだった。

「おとといの夜からずっと電話していたのに出ないからおかしいなと思って見に来たんです。留守にするときは、いつも留守電にしていくのに、それもなっていなかったから」

「あなたも大学生？」

「はい。A大学三年です」

「坂田さんとは親しくしていたんですか」

「ええまあ。東京に出てきてからは、いとこということもあって、何かと相談に乗ってもらっていました」

坂田江美子は焼津《やいづ》の出身で、A大学近くに下宿しているのだという。

「最近、坂田さんから何か聞いてなかった？　誰かに恨まれているとか——」

「いいえ、何も」

坂田江美子は激しくかぶりを振った。

「あ、そうだ」

捜査官は何か思い出したように、若い捜査官のほうに振り向き、

「さっきの写真、どこへやった？」

「ここにありますが」

「ちょっと」

持ってこいという仕草をした。若い刑事が写真のようなものを持って近づいてきた。

「この写真の女性ですが、ご存じですか」

そう言って、写真を江美子に見せた。

そばにいた貴島は何気なく捜査官の手元を見た。スナップ写真のようだった。若い女性が写っている。なかなか奇麗な娘だった。二十歳くらいの年ごろだろうか。ただ、被写体の視線はカメラのほうを見ていない。ピントが合っておらず、隠し撮りか何かのように見えた。

「知ってます。でも、これがどうして？」

坂田江美子は不思議そうな顔をした。

「被害者の机の引出しに入っていたんだよ。恋人かな？」

「違います。日比野さんは、あたしの大学の後輩です」

ヒビノ？　一瞬、貴島は目をあげて坂田江美子を見た。

「日比野っていうの？」

捜査官がたずねると、江美子はこくんと頷いた。

「日比野ゆかりさん。あたしが所属しているＥＳＳクラブの後輩なんです。そういえば
——」

江美子はふと思い出したような顔になった。

「七月にクラブの人たちとキャンプをしたことがあったんです。勝彦さんがあたしの部屋に遊びに来たとき、ちょうどそのときの写真ができてきていて、彼にも見せました。彼は、日比野さんを見て興味を持ったようでした。このとおり奇麗な人ですから。日比野さんの住所とかいろいろ知りたがって——」

「日比野さんの住所は？」

もしやという勘が働いて、貴島はたずねた。

「小平です」

江美子はそう答えた。

「小平？」

「ええ」

「ヒビノというのは、日に比べる野と書くんだね？」

そう確認すると、江美子は頷いた。

たぶん間違いない。あの日比野功一の妹ではないだろうか。

「それじゃ、彼女とかいうんじゃないんだね」

興味を失ったような声で捜査官が聞いた。

「ええ。日比野さんが勝彦さんと付き合ってるなんて話、勝彦さんからも日比野さんからも聞いたことありません。きっと、勝彦さんが一方的に興味を持って、彼女を盗み撮りしただけだと思います」

「そうですか……」

捜査官のほうは、写真の女性が事件に関係なさそうだと知って興味をなくしたようだったが、貴島のほうは逆だった。何か得体の知れない興奮のようなものが身内からわきあがるのを感じた。

坂田勝彦が日比野の妹に興味を持って、住所を調べたり、隠し撮りをしていた。

そこに何か引っかかるものを感じた。一見、若い男の行動として何ら不審な点はないように見えたが、その相手の女性が今行方不明になっているとしたら、話は少し違ってくる。これはたんなる偶然にすぎないのか。それとも……。

「日比野さんにお兄さんはいる？」

貴島は坂田江美子にそうたずねた。

「ええ、います。十四も年の離れたお兄さんが。そうだわ。そのことを勝彦さんに話したら、いっそう興味を持ったみたいでした。もしかしたら、中学三年のときの担任だった日比野先生の妹かもしれないって言って」

やはりそうか。

「それで？」

「日比野さんに聞いてみたら、確かにお兄さんは浜松で中学の先生をしていたって言うんです。中二のときに東京に引っ越してきたと——」

2

「その日比野ゆかりが事件に関係しているというのか」

倉田が不審そうに言った。

八月二十五日、木曜日。貴島と倉田は再び西武新宿線で小平に向かっていた。

「いや、そういうわけではないんですが、ちょっと気になるんですよ」

貴島は外の景色を見ながら言った。

「日比野の妹ですが、ただの行方不明なのかどうか――」

「どういうことだ？」

「この前訪ねたとき、日比野は、『電話の前でじっと待っているのに耐え切れなくなって』と言っていました。あの言葉がどうも引っかかるのです」

「どう引っかかるんだ？」

「ふつう身内が行方不明になったら、あちこち探し回るものでしょう？」

「そうだな」

「それなのに、日比野はじっと電話の前で待っていたと言っていた。誰からの電話を待っていたんでしょうね」

「妹からの電話じゃないのか。家出か何かだったら、そのうち連絡してくるかと思って」

「そうとも考えられますが――」

「それ以外に何だって言うんだ」

「あ、いや。こちらの考えすぎかもしれません」

貴島はそれ以上言うのを避けた。とにかく日比野に会ってみればハッキリするだろう。

「しかし、これで江藤のやつがいよいよ臭くなったな。前島と坂田を殺す動機を持っているそうなのは、今のところやつしかいない。やはり、六年前の事件がからんでいるようだ」

倉田は確信ありげに言う。

同一犯による連続殺人の可能性ありということで、合同捜査本部がすでに設置されていた。

「ただ、同一犯なら、なぜ前島のときはその場にあった凶器を使い、坂田のときは凶器を持参してきたのでしょうね」

貴島が言った。

所轄署の話では、坂田の部屋の中から発見された金づちからはルミノール反応は出なかったということだった。現場にあった金づちが凶器ではなかったということになる。

「それは、前島のときは発作的な犯行だったが、坂田のときは計画的だったというわけだ」

倉田は、何だそんなことかという顔で言った。

「つまり、前島の部屋を訪ねたとき、犯人にはまだ殺意はなかった。ところが、前島と話しているうちに殺意に駆られた。そこで、手近にあった金属バットで殴りつけ、ドライヤーのコードで首を絞めた。坂田の場合は、自分が前島殺しの犯人だということを坂田に知られてしまった。あるいは、知られてしまうかもしれないと思った。そうなる前に坂田の口を封じる必要があると思った。そこで、今度は凶器を持参して坂田の部屋を訪れた。そう考えれば、当然、犯人は江藤しかいない」

そう結論づけるのは少し早すぎるような気もしたが、ひとつの推論ではある。

「前島の件も最初から殺意はあったとは考えられませんかね」

貴島はふと言ってみた。

「だったら、なんで凶器を持ってこなかったんだ」

倉田が反駁《はんばく》する。

「持ってこなかったとは断定できませんよ」

「持参してきたならそれを使うだろう？」

「必ずしもそうとはかぎりません。前に手がけた事件でそんなケースがあったんです。そういえば、今回の件とちょっと似てるんですよ。被害者も大学生だし——といっても、あのときは女子大生でしたが」

貴島は、三鷹で起きた「女子大生連続殺人」のことを思い出していた。あの事件も、若いデザイナーが密室状態の部屋から転落死するという、不可解な謎からはじまったのだった。

「ほう」

倉田は興味を持ったような顔で貴島のほうを見た。

「最初の被害者だった女子大生は、現場にあった大理石の時計で頭を殴られていたんですが、犯人はスパナという凶器を持参していたことがあとで分かったんです。ところが、犯人が被害者の部屋を訪れたとき、たまたまある偶然が重なって、その女子大生のそばには時計が転がっていた。それで、とっさに凶器を持っていたにもかかわらず、それを凶器にしたというのです」

「ほう」

「だから、凶器を持参していても、自分の持っていた凶器よりもはるかに強力な武器がたまたま被害者の部屋にあったら、それをとっさに使うという場合もあるのではないか――」

「つまり、犯人は前島のときも金づちを用意していたが、前島の部屋に金属バットが置いてあるのに気づいて、とっさにそちらを使ったということか」

「ええ。部屋の中にあったものを凶器として使えば、衝動的な犯行のように見えますから、前島殺しも計画的なものだとしたら、捜査を攪乱《かくらん》できますからね。もっとも、そこまでは考えずに、衝動的にやっただけかもしれませんが。とにかく、被害者の部屋の中にあったものを凶器に使ったからといって、必ずしも凶器を持参してこなかったとは言えないということです」

「うむ」

倉田は腕組みして唸った。

「そういえば、坂田の部屋には、凶器になりそうなものは手近に置いてなかったな。それで、持参してきた金づちを使ったのかな……」

「まあ、今のところはどちらとも言えませんがね」

3

天神町にある日比野功一の家のインターホンを鳴らすと、日比野の妻らしき女性が出てきた。警察手帳を見せて、「ご主人はいますか」と問うと、女性はすぐに奥に引っ込んで、代わりに日比野が出てきた。

不精髭は剃《そ》られていたが、前に会ったとき同様、顔には疲労の影が宿っていた。

この顔ではまだ妹は帰ってきていないようだ、と貴島は思った。

ふと玄関のたたきを見ると、男物の革靴が二足脱いである。大きさも汚れ具合も違っている。日比野のものとは思えない。客が来ているようだった。

「先日はどうも」

そう言うと、日比野は目だけ光らせて軽く頭をさげた。

「もしかして、坂田勝彦のことですか」

貴島たちが口を開く前に、日比野はいきなりそう言った。

坂田の件はすでに朝刊で報道されていた。

「ええ」

頷くと、日比野はやっぱりという顔をした。

「あの坂田だったんですか……」

呟くように言う。

「新聞には、前島のときと手口が似ているので、同一犯の可能性があると書かれていましたが、そうなんですか」

逆に聞いてきた。

「まだ、そのへんはなんとも」

貴島は適当にはぐらかした。

「それにしても、なぜ私のところに？　確かに私は昔、前島や坂田の担任をしていたことがありましたが、学校をやめて以来、彼らには全く会ってないんです。新聞の報道を見てはじめて、彼らが東京の大学に来ていたのを知ったくらいですから」

「いや、今日伺ったのは、妹さんのことで——」

そう言うと、日比野の顔が強張った。

「妹？」

「まだ帰ってこられないようですね」

そう言うと、日比野は黙って頷いた。

「妹さんはゆかりさんと言って、Ａ大学の二年ですね」

「そうですが——」

「ゆかりさんの口から坂田勝彦君のことを聞いたことがありませんか」

「坂田のことを？」

日比野の目が飛び出しそうになった。

「どうです」

「いや、ありません」

日比野は思い出すように一点を見詰めていたが、首を振った。

「どうしてそんなことを聞くんです」

「いや、ちょっと……」

「ゆかりが坂田君と知り合いだったと言うんですか」

「そういうわけではないんです。ただ、坂田君の机の引出しから、妹さんの写真が出てきたものですから」

「ゆかりの？」

「隠し撮りしたような写真でしたから、ゆかりさんのほうは坂田君を知らなかったとも考えられます。ところで——」

貴島は奥のほうを見ながら言った。

「ゆかりさんは土曜の夜から行方不明というのは、家出か何かですか」

「いや」

日比野は即座に否定した。

「まさか？」

「実は、妹は誘拐されたんです」

日比野はそう打ちあけた。

「誘拐？」

いちおう驚いたような顔をしたが、内心ではやっぱりと思っていた。日比野が言った「電話の前でじっと待っている」というのは、ひょっとすると、「犯人からの電話を待っている」という意味ではないかとひらめくものがあったからだ。とすれば、誘拐しか考えられない。

「土曜の夜、アルバイト先から帰る途中誘拐されたようなのです」

「犯人から連絡があったんですね」

「ええ。若い男の声で」

「若い男？」

「口をハンカチか何かで押えているような声だったので、よくは分からないのですが、まだ十代か二十代の若者のようでした」

「電話は何度かかってきたんです」

「一度だけです。それも一方的に用件を言って切ってしまいました……」

日比野はこれまでのことをかいつまんで話した。

「でも、月曜の夜にまた連絡すると言ったきり、何の連絡もなかったんです。それで、しかたなく火曜の朝、警察に知らせました」

「それで、犯人からの連絡は今まで一度も？」

「ありません」

日比野は深い溜息をついた。

「警察に知らせたことが分かってしまったのかもしれません」

「しかし、月曜の夜に電話すると言って、犯人は連絡してこなかったのでしょう？」

妙だなと思いながら、貴島は言った。

「そうです。だから、しかたなく警察に届けたのです」

「ちょっといいですか」

貴島はあがってもいいかという仕草をした。

「あ、どうぞ」

日比野は慌てて、スリッパを出した。

リビングルームに行くと、日比野の妻らしき女性と、逆探知器を取り付けた電話の前に所轄の刑事らしき男が二人いた。

貴島は身分を示してから、

「ゆかりさんの足取りはどのへんまでつかめているのですか」

そうたずねると、やや年配のほうの刑事が、

「土曜の夜、駒込のアルバイト先を出たところまでは裏が取れてます。ただ、そのあとの足取りは全くつかめていません」

刑事の顔にも疲労が見えた。その刑事が、「ちょっとトイレを拝借」と言って立ち上がると、リビングを出ていった。貴島がさりげなくそのあとを追った。刑事がトイレから出てくるところをつかまえて、そのまま外に誘った。

日比野夫妻の耳に入らないところで、詳しい話を聞きたかったためである。

「営利誘拐にしては、どうも妙ですね」

そう言うと、小平署の刑事はワイシャツの胸ポケットからくしゃくしゃになった煙草を取り出しながら、

「少なくとも計画性は感じられませんね。電話を一度しかしてこないというのもおかしい。身代金目的なら、たとえ被害者が死んでいても、連絡はしてくるものなんですがね。やけにあっさりあきらめている」

刑事は鼻から煙を吐き出しながら言った。

「身代金目的ではないということですか」

「そんな気がしますね。ただ、犯人は若い男のようだから、衝動的な犯行という線もあ

りえますがね」

「いずれにせよ、被害者はもう――」

そう言うと、刑事は苦い顔で頷いた。

「生存している可能性は低いでしょうね……」

誘拐されてからすでに五日が経過している。日比野ゆかりがどこかに監禁されている可能性も考えられたが、それならば、犯人は身代金をあきらめるはずがない。被害者の家族と連絡を取りつづけようとするだろう。

犯人がたった一回しか電話をかけてこなかったのは、すでに被害者が死亡していることを意味しているように思えた。最初から殺害目的で拉致《らち》し、動機をごまかすために営利誘拐の振りをしたか、あるいは、営利目的で誘拐したものの、被害者に死亡されて、計画を断念したか。

「乱暴目的という線も考えられますね。被害者が若い女性でしかも写真を見るとなかなか美人だったようだから」

刑事が言った。

4

「まさか、坂田勝彦が日比野の妹を誘拐したなんて思ってるんじゃないだろうな」

日比野の家を出て、小平駅へ向かう道すがら、倉田が言った。

「いや、まだ、そこまでは――」

貴島は苦笑して、かぶりを振った。

坂田の部屋からゆかりの写真が見つかったというだけで、すぐに誘拐と結びつけるのは早計だと思っていた。ゆかりを隠し撮りしたのも、たんに若い男の好奇心にすぎなかったのかもしれない。

「ただ、前に坂田を訪ねたとき、坂田は妙に脅えているように見えたんですよ」

「うん、それはおれも感じた」

「最初は前島の変死をすでに知っていたのかとも思いましたが、そのあとで、前島のことを聞かされて驚いたように見えた。だとすると、警察だと聞いて、なぜあんなに脅えたのか。いくらなんでも、六年前の事件が原因だとは思えない。何か警察に知られてはまずい犯罪行為をごく最近やったのではないか。ふとそう思ったんです。それに、最後に前島に会ったのは土曜日だと言っていたでしょう?」

「ああ。江藤の話だと、三人でドライブをしたとか言ってたな」

倉田が思い出すように言った。

「日比野ゆかりが誘拐されたのも土曜日です……」

「まさか、あの三人が?」

倉田の歩みが止まった。

「考えすぎかもしれませんが」

「いや、しかし、ありえない線じゃないぞ。おそらく日比野の妹を誘拐した犯人は車を使ったはずだ。江藤は車を持っている。坂田は日比野の妹の住所を知っていた——」

倉田の目が輝いた。

「それに、江藤は六年前の件で日比野に恨みを抱いていたかもしれん。鼓膜が破れるほど殴られたことをな。親にさえ殴られたことがないガキだったら、一生忘れないくらいの恨みを持ったとしても不思議じゃない。それで、日比野の妹のことを知った江藤は、日比野への復讐のつもりで妹を誘拐した——」

「でも、それだけの理由で誘拐までするでしょうか。営利誘拐が重大な犯罪であることを、江藤たちが知らないはずがありません」

「誘拐までする気はなかったのかもしれん。ちょっとからかうだけか、あるいは乱暴目的か何かで車の中に連れ込んだ。ところが、何かの弾みで、日比野の妹が死んでしまった。それで、急遽《きゅうきょ》、営利誘拐を装った――」

そこまで言って、倉田は拳で片方の平手をはしっと打った。

「そうか。坂田がおどおどしていたのは、この件を知られたと思ったからだ。そして、江藤が前島たちを殺《や》ったのは、六年前の事件の口封じじゃない。土曜の夜に起こったばかりの、この誘拐殺人の口封じだったのかもしれん」

「そこまで結論づけるのはまだ早いとは思いますが、どうやら、江藤順弥にはたっぷりと聞くことがありそうですね……」

貴島はそう答えた。

5

貴島は江藤順弥の部屋のインターホンを鳴らした。

「どなたですか」

インターホン越しに江藤の声がした。

「警察の者ですが——」

　そう言うと、

「あ、ちょっと待ってください」

　インターホンがいったん切られ、すぐにドアが開いて、江藤の顔が現われた。

「坂田勝彦君のことで——」

　貴島がそう言いかけると、江藤は分かっているという顔つきで頷き、「中に入ってください」と言って、貴島たちを玄関の中に引き入れると、ドアを閉めた。

　もっとも玄関から先へは入れるつもりはないらしく、倉田が靴を脱ぎかけると、手で制して、「話はここで」と冷ややかに言い放った。

「坂田君のことはもう知っていますね」

　貴島はたずねた。

「ええ。昨夜、テレビのニュースを見て驚きました。それで、今朝、慌てて戻ってきたんです」

　江藤は軽く腕組みしたままそう答えた。

「戻ってきた、というと？」

　すかさず聞くと、

「しばらく実家に帰っていたんです。祖母が倒れたという知らせをうけたので」

「いつから？」

「二十二日の夕方からです」

倉田が意味ありげな目つきで貴島のほうを見た。

「浜松に帰ってみると、幸い、祖母の容体《ようだい》はたいしたことはなかったので、三晩泊まって、今朝の新幹線で戻ってきたんです」

「二十二日のことをもう少し詳しく聞かせてくれませんか」

「母から連絡を受けたのは、午後五時半ごろでした。庭を散歩していた祖母が突然倒れたというのです。それですぐに身の回りのものをボストンバッグに詰めて新幹線に飛び乗りました」

「何時の新幹線です？」

「行きあたりばったりに乗ったので、よくはおぼえていませんが、たしか――」

江藤は思い出すような顔をした。

「六時三十五分の『こだま』だったと思います。浜松に着いたのは、九時ごろでした」

もし江藤の言っていることが本当だとしたら、坂田勝彦の件に関しては、江藤にはアリバイがある。坂田が殺されたころ、江藤は新幹線の中にいたことになるからである。

むろん、江藤もそれを十分承知しているにちがいない。

「浜松に着いてから、自宅へはタクシーで？」

そうたずねると、江藤は首を振った。

「いいえ。駅でうちに電話して、母に車で迎えに来てもらいました」

「家へ帰られてから、誰か身内以外の人に会いましたか」

「いや、それが――」

江藤は困ったような顔をした。

「祖母が倒れたとき、脳溢血《のういっけつ》の疑いがあるというので、へたに動かさないほうがいいと父が言って、病院のほうには運ばず、自宅で介抱していたんです。だから、ぼくが帰ったときは、うちの者しかいませんでした」

江藤は友人だった坂田勝彦の死――しかも他殺という異常死を知っても、そのことにはいっさい触れず、さりげなく自分のアリバイを真っ先に口にした。

中学からの友人が殺されたと知ったら、普通はもう少し違う反応を見せるのではないだろうか。

やはり、坂田と江藤の仲はいわゆる友情で結ばれたものではなかったのだと、貴島は改めて感じた。

　江藤のアリバイに関しては、もう一度浜松に出向いて裏を取るしかないようだ。ただ、身内の証言では信憑性《しんぴょうせい》は薄い。

　とりあえず、実家の住所を聞き出すと、それを手帳に書き留めた。

「報道によると、前島と坂田を殺したのは同一犯の可能性があるとありましたが、本当なんですか」

　江藤はそうたずねた。

「可能性はあります。ところで、二十一日の午後六時半から九時ごろまでの行動をお聞かせ願えませんか」

「二十一日？」

　江藤の目がすっと鋭くなった。

「二十一日というと前島が殺された日でしょう？　あの件のアリバイならこの前お話ししたはずですが」

「あれは役にたたなくなったんだよ」

　倉田が口をはさんだ。

「それはどういう意味です？　前島が殺されたのは午後九時ごろなんでしょう？」

「死んだのはね。だが、犯人に金属バットで襲われたのは、もっと前だということが分かったんですよ」

貴島がそう言うと、江藤は、「へぇ」と言っただけだった。

「どうです？」

「よくおぼえていませんね」

返事はそっけなかった。

「夕食を外でとった以外は、たぶん部屋にいたような気がしますが……」

「何時ごろ、夕食を？」

「さあ。何かするたびに時計を見ているわけじゃないですからね。たぶん、六時ごろだったと思いますが」

「店は？」

貴島は手帳を出しながら言った。

江藤は店の名前を言った。

「ねえ、おたくたち、ぼくを疑っているようだけど、何を根拠にぼくを犯人だと思ってるわけ？　なんで、ぼくが中学からの親友を二人も殺さなければならないんです？」

「あんた」

倉田がいきなり言った。

「日比野ゆかりって娘を知ってるか」

「え――」

江藤の表情に変化が見られた。明らかに反応があった。

「だ、誰です？」

「この人です」

貴島は懐《ふところ》ろから透明なビニールで包んだ一枚の写真を取り出した。坂田の部屋から見つかった日比野ゆかりの写真である。必要になるだろうと思って持参してきたのである。

江藤はその写真をちらと見ただけで目をそらした。

「知りません」

「もっとよく見てください。手に取って」

江藤は渋々という様子で写真を手に取ると眺めた。

「どうです。見おぼえありませんか」

「いいえ。ないですね。会ったこともない人です」

「しらばっくれるな。日比野ゆかりは、あんたが中三のときに担任だった日比野先生の妹だ」

「へえ、そうなんですか。あの先生に妹がいたとは知りませんでした」

「嘘をつくな。今この娘は行方不明になっているんだ――」

倉田がよけいなことまで言い出しそうな気配がしたので、貴島は慌てて遮った。

「二十日の土曜の夜、前島君たちとドライブをしたと言ってましたね。どちらへ行かれたんです」

「どこへ行こうと勝手だろ。どうしてそんなことまで答えなきゃならないんだよ」

江藤の口調が変わった。ギラギラ光る目で、貴島と倉田を交互に見ながら言った。

「土曜のことなんて関係ないだろう」

「それがあるんだよ」

倉田が言い返す。

「どう関係あるんだ?」

「まあまあ。さしつかえがあるなら無理に話さなくてもいいですが」

貴島が言った。

「べつにさしつかえがあるわけじゃない」

憮然とした表情で江藤は言い放った。

「やましいことがないなら、素直に言えるはずだ」

と倉田。

「やましいことなんか何もないですよ。ただ三人で奥多摩湖までドライブしただけですから」

奥のほうで電話の鳴る音がした。

「もうこのへんにしてください。言っておきますが、ぼくは、友達を殺した犯人を早くつかまえたい一心で、今のところ捜査に協力していますが、こちらの忍耐にも限度がありますからね」

江藤はそう言うなり、貴島たちをドアの外に押し出した。

6

「江藤のやつ、日比野ゆかりの名前を出した途端、顔色が変わったな」

倉田がほくそ笑んだ。

「もう少し締め上げてやれば――」

倉田が雑巾《ぞうきん》でも絞る真似をした。

「そちらのほうは小平署に任せましょう」

小平署の刑事には、坂田の部屋から日比野ゆかりの写真が見つかったことも、江藤たちのこともすでに話してある。捜査の手が江藤までたどり着くのは時間の問題だと思われた。

「それより、二十二日の江藤のアリバイの裏を取るほうが先です」

「また浜松へ行くのか」

倉田は気乗りのしない顔をした。

「どうせ、あんなアリバイはでっちあげに決まってる。家族ならいくらでも口裏を合わせることができるしな」

「でも、ひょっとすると、家族以外の者の証言も得られるかもしれない。捜査に色眼鏡は禁物です」

倉田が江藤のことを虫がすかないと思っているのはよく分かっていたし、貴島自身、江藤には大いに疑惑を持っていたが、だからといって、頭から犯人と決めつけていいわけがない。

「それに、江藤のアリバイがでっちあげだという証拠が見つかるかもしれない」

そう言うと、こちらのほうが倉田のやる気を起こさせたらしかった。

7

しかし、結局、再度の浜松行きは、たいした収穫もないままに終わった。

江藤の家を訪ねてみると、江藤が言ったとおりのことを、在宅していた江藤の母親の口から、寸分の狂いもなく聞かされただけだった。

二十二日の夕方、庭を散歩していた姑が突然「めまいがする」と言って倒れ、まさかということも考えられたので、すぐに順弥に連絡を取った。その夜の午後九時ごろ、順弥から「今、浜松駅に着いた」と電話が入ったので、私が車で迎えに行った——。

年配の家政婦にも同じことを聞いてみたが、母親と同じ答えが返ってきただけだった。家政婦といっても、聞けば順弥が赤ん坊のころから江藤家にいるのだという。おまけに母親の親戚筋にあたる女性らしい。ほとんど家族のようなものだった。

念のため、病院のほうに出向いて、父親と祖父にも聞き込みを行なったが、結果は同じだった。

家族ぐるみで嘘のアリバイをでっちあげたのか、あるいは、たんに事実を言っているのかは、にわかに判断はつかなかった。

ただ、貴島自身の感触では、坂田勝彦が殺されたと思われる時間帯に、たまたま江藤が実家に帰るために新幹線に乗っていたというのは話ができすぎているような気がした。江藤の祖母が倒れたというのは本当だろうが、江藤が実家に帰ったのはもっと遅かったのではないか。そう感じたが、それを裏付ける証拠は何も得ることはできなかった。

ところが、浜松から帰ってきた貴島たちを奇妙な報告が待っていた。

所轄署の署員の話によると、午後になって、坂田江美子が署のほうに訪ねてきて、妙なことを言い出したのだという。

「妙なことって？」

貴島がたずねると、その署員は苦笑いをして、

「ピザがおかしいと言うんですよ」

「は？」

意味が分からず聞き返すと、

「坂田の部屋にピザの残りがあったでしょう。坂田江美子は、あのとき、あのピザを見ていたんですね。いやあ、女の子というのは妙なことをおぼえているもんですねえ。ピザのトッピングにトマトとピーマンがあったんです。それがおかしいと言うんです」

　そう言われてみれば、確かに、二切れほど残っていたピザの上に赤と緑の色彩が散らばっていたのを、貴島もうろおぼえにおぼえていた。トマトとピーマンだったかもしれない。しかし、それのどこがおかしいと言うのだ。

「坂田は子供のころから、トマトとピーマンが大嫌いだったと言うのですよ。だから、そんな嫌いなトマトとピーマンをわざわざトッピングに選ぶはずがない。あれは本当に勝彦が食べたのだろうかと――」

「しかし、坂田の遺体の口の端にはピザソースが付いていたのでしょう?」

　貴島はたずねた。

「ええそうなのです。まだ解剖の結果は出ていませんが、坂田がピザを食べたことは間違いありません。検視官の話では口の中にもチーズやパイの滓《かす》が残っていたそうですから」

「子供のころは嫌いでも、大人になって食べられるようになるということはありますからね。坂田の場合もそれだったんじゃないですか」

「われわれもそう思ったんですが、坂田江美子はそんなことはないと言い張るのです。何でも一月《ひとつき》ほど前に坂田と一緒にファミリーレストランで食事をしたことがあって、坂田はそのとき、野菜サラダの中のトマトだけを残していたと言うのです」

8

その夜、阿佐ケ谷の自宅に帰っても、貴島は、坂田江美子の言っていたということがなぜか頭から離れなかった。

坂田勝彦は子供のころからピーマンとトマトが嫌いだったという。それは一カ月前まで変わらなかったようだ。たった一カ月で食べ物の嗜好《しこう》が変わったとは思えない。とすると、坂田が嫌いな食べ物をわざわざトッピングとして選んだというのは確かに奇妙だ。しかも、四分の三ほども平らげているとは……。

貴島はシャワーを浴びた頭を拭きながら、郵便受けから持ってきた封書の類いを点検しはじめた。ほとんどがダイレクトメールのようなものばかりだったが、その中に、ピザ屋のチラシが三枚も混じっていた。

普段だったら、ろくに見もしないで、丸めてクズかご行きだったが、坂田江美子のことが頭にあったので、つい手に取って眺めてしまった。

店は違ってもだいたいのシステムは同じようなものらしい。どんなピザにもトマトとピーマンは付いてくるのかとも考えたが、そんなことはないようだ。店によっていろいろな種類があり、トマトもピーマンも入っていないタイプもたくさんある。しかも、どの店も自由にトッピングを選べるサービスをしているようだ。

どう考えても、坂田が嫌いなトマトとピーマンをわざわざトッピングに選ぶ理由は思いつかなかった……。

あきらめて、チラシを丸めかけたとき、ふとひらめいたことがあった。丸めかけたチラシを慌てて開くと、もう一度眺めた。

もしかしたら——。

貴島はある可能性に気がつき、三枚のチラシを見比べた。三店とも、そのサービスをしていた。ということは、坂田が注文した店もそのサービスをしていた可能性があるということだ。

もし、坂田がこの方法でピザを注文していたとしたら、嫌いなトマトやピーマンを全く口にすることなく、ピザを食べることができる。しかも、それだけじゃない——。

そこまで考えたとき、電話の呼出し音が思考を遮った。思わず時計を見る。零時少し前だった。こんな時間に誰だろうと、不審に思いながら、貴島は受話器を取った。受話器を取るなり、

「おれだ。倉田だ」

かみつくようなだみ声が耳に飛び込んできた。

「あ……どうも」

「寝てたか」

「いや」

「坂田江美子が言っていたことだけどな」

倉田はいきなりそう言った。

「カミさんに話したら、あれはすごく重要な証言だというのだ」

以心伝心というわけでもあるまいが、倉田と百合の間でも、同じことが話題になっていたようだ。

刑事の心得としては、あまり感心しないが、倉田は、事件の経過について、洗いざらい妻にしゃべっているようである。正確に言えば、しゃべらされていると言ったほうがいいかもしれないが。

「カミさんが言うにはだな、たいていのピザ屋には、ハーフ――」

と言いかけて、倉田はぐっと詰まり、「おい、ハーフなんだっけ」とそばにいるらしい百合に聞いている声が聞こえてきた。

「ハーフ・アンド・ハーフ」

百合の声がした。

「あ、そうか。そのハーフなんたらというサービスがあるらしいんだ。これがどういうものかと言うとな、Mサイズ以上の大きさなら、トッピングの種類の違うピザを半分ずつ作ることができるというものなのだ。つまり、半分はトマトとピーマンを加えたトッピングにしても、もう半分はそれを加えないトッピングにすることができるというんだな。おれの言ってること、分かるか」

倉田はいっきにそこまでしゃべって、不安そうに聞いた。

「わかります」

貴島は苦笑をかみ殺して答えた。よく分かっている。おそらく当の倉田以上に。なぜなら、貴島がピザ屋のチラシを見ていて思いついた方法というのが、まさにこのハーフ・アンド・ハーフというものだったからだ。奇《く》しくも、百合も同じようなことを思いついたらしい。

「カミさんが言うには、坂田は、このハーフなんたらという方法でピザを注文したのではないかと言うのだ。ということは、つまり――」

「坂田はあのピザを一人で食べたわけではないというのですね」

貴島が結論から言った。

「う、うん。そういうことなんだ。なんだ。馬鹿に分かりが早いじゃないか」

倉田は拍子抜けしたように言った。

「おれなんか、カミさんから三回説明してもらって、ようやく分かったんだぞ」

ぶつぶつ言う。百合の笑い声が聞こえた。

「坂田がピザを注文したとき、部屋にはもう一人、ないしは二人以上の人物がいたということですね。その人物がトマトとピーマンの入ったほうのピザを食べた。あの二切れほど残っていたピザは、坂田が食べ残したものではなくて、その人物が食べ残したものだったと言いたいんでしょう?」

「そ、そうだ。付け加えると、状況から考えれば、その人物こそが犯人だ。坂田はそいつとピザを食っている最中に殺されたんだからな」

とは、いちがいには言えないが、可能性としては大いにある。

「しかもだ。カミさんが言うには――」

倉田は得々とした声でなおも続けた。ほとんど刑事コロンボ状態である。

「坂田と一緒にピザの半分を食べた人物を割り出す手がかりが部屋の中に残っているかもしれないと言うのだ」

「飲み物でしょう?」

そう言ってみると、倉田はがっかりしたような声をあげた。

「なんだ。それも分かってるのか」

「テーブルにはウーロン茶の缶が出ていましたが、もし、もう一人いたとしたら、当然、その人物も何か飲み物を注文したと考えられます。飲みきって捨てていったとしたら、台所にあった空缶入れの中から、その空缶が見つかるかもしれない。そこには、その人物の指紋が付いているはず。そういうことじゃないですか」

「そういうことだよ」

倉田の声が少し不機嫌になっていた。

「なんだかわざわざ電話する必要はなかったみたいだな」

「たまたま同じことを考えていたんですよ。店に問い合わせてみれば、坂田がどんな種類のピザを注文したか分かるでしょうし、そのときに、どんな飲み物を幾つ注文したかも分かると思います。もし、犯人が自分の指紋の付いた空缶を持ち去っていないとしたら、かなり有力な証拠になると思いますね」

「これで江藤のアリバイを崩《くず》すことができるかもしれないぞ。あの夜、江藤が坂田の下宿にいて、一緒にピザを食っていたと分かればな」

倉田の声はまた弾んでいた。

第六章　崩れたアリバイ

1

八月二十六日、金曜日。

坂田勝彦が注文したピザ店に聞き込んだところ、案の定、坂田が注文したのは、ハーフ・アンド・ハーフというタイプであることが分かった。

一方のトッピングは、サラミ、トマト、オニオン、ピーマン、コーンで、もう一方のトッピングは、ベーコン、ポテト、オニオンだったという。

おそらく、坂田が食べたのは、このベーコン、ポテト、オニオンのほうだったにちがいない。

しかも、ピザ店の話では、飲み物も二種類の注文があったという。ウーロン茶とジンジャエールだった。

さらに、坂田の解剖結果から、胃の中の内容物として、ベーコン、ポテト、オニオンが未消化の形で残っていたことが判明。トマト、サラミ、ピーマンは発見されなかった。坂田がピザを注文したとき、坂田の部屋にはもう一人の人物がいたことが、これで明らかになったのである。

さっそく、坂田の下宿の台所の隅に置かれていた空缶入れを探ったところ、ビールの空缶に混じって、ジンジャエールの空缶が発見された。

その空缶から三種類の指紋が検出された。ひとつは坂田のものと一致した。もうひとつはおそらくピザ店の店員のものと思われた。最後のひとつが、坂田と一緒にピザを食べた人物のものである。

「江藤の指紋がこの中のひとつと一致すれば、これでキマリだ」

倉田はそう言ってほくそ笑んだ。

「ようは、どうやって江藤の指紋を手に入れるかだが——」

「江藤の指紋ならここにありますよ」

貴島は涼しい顔でそう言って、懐ろからビニールに包まれた日比野ゆかりの写真を取り出した。

「なんだ？」

倉田は不思議そうな顔をした。

「昨日、この写真を江藤に見せたでしょう？　あのとき、江藤はこれを手に取ったから、ビニールに江藤の指紋が付いているはずです」

「あ」

と倉田は口を開けた。

「そのために、あんた、その写真を？」

「というわけでもありませんが、江藤の指紋はいずれ必要になると思いまして」

「敵にはしたくない男だな……」

恐れ入ったように倉田は呟いた。

「ただ――」

貴島はふと考え込むような顔になった。

「ただ、なんだ？」

「もし江藤が犯人だとしたら、なぜ食べ残しのピザやジンジャエールの空缶をそのままにしていったのでしょうね」

「空缶の指紋まで調べるとは思わなかったんじゃないか」

「しかし、坂田の遺体が司法解剖されることくらい、医者志望の江藤が知らなかったはずがない。解剖されれば、坂田の胃の中の内容物と、現場に残されていたピザの残りとが一致しないことがすぐに分かってしまう。そうは考えなかったのでしょうかね」

「そこまで気が回らなかったんじゃないのか。人ひとり、殺したあとだ。おそらく気が動転していて――」

「でも、凶器を用意してきたくらいだから、犯行は計画的だったはずです。衝動的な犯行ならそれも考えられますが。それに、犯人の心理として、自分の痕跡は現場からなるべく消し去ろうとするものじゃないでしょうか。ピザの二切れくらいなら、簡単に持ち去ることができたでしょうに」

「ようするに、江藤という男はあんたが考えるほど頭のいいやつじゃなかったのさ。なにせ三浪もしてるくらいだからな」

倉田はあっさりと言い切った。

貴島は割り切れない顔をしていた。

日比野ゆかりの写真を包んでいたビニールから検出された江藤の指紋と、ジンジャエールの空缶から検出された指紋のうちのひとつが、完全に一致したことがその後の鑑識の調べで分かった。

「これで江藤のガキをぎゅうと言わせてやる」

倉田はいきまいた。

2

ところが、みたび江藤順弥のマンションを訪れた貴島と倉田は、マンションの手前で「おや」というように立ち止まった。

坂田のとき同様、赤色灯をつけたパトカーが停まっている。マンション内で異常事態が発生したことを示していた。

しかも、異常事態が起こったのは、一階にある江藤の部屋らしかった。廊下に人だかりができていて、江藤の部屋の前には制服警官が立っていた。

身分を示して、事情を聞くと、ほんの三十分ほど前、江藤の部屋を訪れた小平署の刑事が、部屋の中で倒れている江藤順弥を発見したのだという。

「江藤は死んでいたんですか」

そうたずねると、「いや、頭部を殴られて意識不明だったんです。救急車ですぐに病院に運ばれました」という返事が返ってきた。

貴島と倉田は思いがけない事態に思わず顔を見合わせた。

江藤が襲われたというのか。

中に入って、倒れていた江藤を発見したという小平署の刑事に事情を聞いた。その刑事の話によると、やはり、日比野ゆかりの件で、江藤を訪ねてきたらしい。

「何度インターホンを鳴らしても返事がないので留守かなと思ったんですが、ドアのノブを引っ張ってみたら、施錠がされていなかったのです……」

そこで中に入ってみると、部屋の中で、後頭部から血を流して倒れている江藤を発見したのだという。

かたわらには血の付いたダンベルが落ちていた。

刑事の話では、刑事たちが部屋に入ったとき、ベランダ側の窓が開いたままになっていたという。

「ベランダの観葉植物が倒れていましたから、江藤を襲った犯人はそこから逃げたようです」

一人の刑事が救急車を呼び、もう一人の刑事がすぐに犯人を追ったが、犯人らしき姿を発見することはできなかったらしい。

「江藤は頭部を殴られていただけですか。首を絞められたような跡はありませんでしたか」

貴島がたずねると、刑事は「首を絞められたような跡は見られなかった」と答えた。

3

貴島たちは所轄署の刑事の車に便乗して、江藤が運ばれた病院に駆けつけた。医師にたずねると、江藤の意識は戻っていて、命にも別条はないが、まともに話のできる状態ではないので、面会は後日にしてほしいということだった。

傷害事件なので、なるべく早く被害者から事情を聞きたいのだがと食い下がると、

「事情を聞いても無駄でしょう」というそっけない医師の答えが返ってきた。

「無駄と言いますと？」

「脳震盪《のうしんとう》を起こしているんですよ」

「脳震盪？」

「そのために、殴られた前後のことを全くおぼえていないようです」

医師はそう言った。

「おぼえていない？」

貴島は聞き返した。

「ええ。事故などで頭部を強く打ったときによく見られるんですよ。逆行性健忘症と言って、事故直前の記憶が失われてしまうのです。稀《まれ》には、事故直前だけでなく、事故からさかのぼる数カ月間、あるいは数カ年にもわたって記憶を失ってしまう場合もあります」

医師はそう言って、ある例を披露した。バイクに引っかけられて路上に転倒し、頭部を強く打った二十五歳の青年が、意識を取り戻したとき、過去数年間の記憶を失っていたのだという。

「事故が起きたのは一九九一年の八月だったのですが、その青年は、意識を取り戻すと、今日は一九八六年の二月だと答えたのです。しかも、彼はそのときすでに仕事についており、結婚もしていたのですが、まだ独身で学生だと自分のことを言いました。つまり五年間の記憶が失われたために、五年前の自分に戻ってしまったというわけです」

「そのような記憶喪失は治らないのですか」

そうたずねると、医師は首を振った。

「いや、このような外傷性の記憶喪失は、ヒステリー性のものと違って、回復は比較的早いのです。その青年も、結局、事故から三週間ほどで失っていた記憶をすべて取り戻しました」

「それでは、いずれ、江藤君も自分が襲われた状況を思い出すということですね」

「いや、それが――」

医師は困ったように鼻の脇を指でこすった。

「それは何とも言えませんね。思い出すかもしれませんし、一生、思い出せないかもしれません」

「でも、さきほどの青年は三週間ほどですべての記憶を思い出したと――」

「あれは正確に言うと、事故直前の記憶以外はすべてということなのです」

「え」

「つまり、この青年にしても、過去五年間の記憶は思い出しましたが、事故直前の記憶だけはいまだに取り戻していないのです」

「ということは、江藤君の場合も？」

貴島が問い返すと、医師は頷いた。

「どういう状況で誰に襲われたかというのを思い出すのは難しいかもしれません」

4

とにかく、これから脳波の検査や頭部のレントゲンも撮らなければならないので、事情聴取は明日以降にしてほしいと医師に釘を刺され、貴島たちは引きさがらざるをえなかった。

「いったいこれはどういうことなんだ」

病院の玄関に向かいながら、倉田がいらだたしげに言った。

「前島や坂田を殺したやつが江藤を襲ったのか」

「あるいは、江藤の件だけは犯人は別かもしれません。頭を殴っただけで、首は絞めていないし、ドアの鍵もかけてなかった。もっとも、首を絞めようとしたときに、人が訪ねてきたので、慌てて逃げ出したとも考えられますが」

「しかし、江藤のやつ、本当に襲われたのかな」

倉田は疑わしげに言った。

「記憶喪失だなんて言って、自分でやったんじゃないのか」

「でも、ダンベルで自分の後頭部を殴るというのはちょっと――」

貴島は首を傾げた。

「それに、頭部を強く打ったときに、記憶を失うというのはよく耳にすることですから」

「狂言の線はなしか」

倉田は車に乗りこみながら溜息をついた。

「もし本当に襲われたなら、江藤は自分を襲った犯人の顔を見ていたはずなのにな」

倉田はそう貴島に話しかけたが、貴島は何かに気を取られたように黙っている。

「なあ、おい」

声をかけると、ようやく夢から覚めたような顔になった。

「何か?」

「どうしたんだ、ボンヤリして」

「いや、今、ちょっと妙なことを思いついたものだから」

まだ上の空で言う。

「何だ、妙なことって?」

「前島の転落死のことで――」

「前島の転落死？」

「前島がなぜスニーカーを履いて転落したのか。さっきの医者の言葉である可能性を思いついたんです」

5

「ちょっと確かめたいことがある」と言い出して、貴島は所轄署の刑事が運転する車を途中でおりた。

「お、おい。どこへ行くんだ」

車の中から呼びとめる倉田を尻目に、貴島は代々木駅に急いだ。代々木駅で買ったのは東中野までの切符だった。

東中野駅に着くと、タクシーを拾い、半年前まで前島博和が住んでいたというマンションを訪れた。

マンションに着くと、貴島は管理人室に行って、「106号室はまだ空いているか」とたずねた。

管理人が「空いている」と答えると、警察手帳を見せて、「ちょっと部屋の中を見せてもらいたい」と頼みこんだ。

管理人は鳩が豆鉄砲を食らったような顔をしていたが、合鍵を取り出すと、106号室のドアを開けてくれた。

「この部屋は半年ほど前に前島博和君が借りていた部屋ですね」

そう確認すると、管理人は「そうだ」と答えた。

狭い玄関を入ると、すぐにフローリングの床になっていた。左手に二畳ほどのキッチンとユニットバスがある。部屋全体は八畳ほどのワンルームだった。

東向きにベランダに出られるサッシの窓が付いていた。

「前島君がいたとき、この部屋に入ったことがありますか」

玄関のところにいた管理人にたずねると、管理人は、「ええ、ありますよ」と答えた。

住人が留守のとき、水道の修理の立会いを頼まれて入ったことがあるという。

「ベッドとか机はどこに置いてあったか、おぼえていますか」

そうたずねると、初老の管理人は思い出すように部屋の中を見ていたが、

「たしか、ベッドは北側の壁にくっつけてあって、机は窓ぎわだったと思いますがねえ」

そう答えた。

「ここに絵がかかっていませんでしたか。風景を描いた水彩画が」

北側の壁を指しながら、貴島は聞いた。壁には釘を打ったような跡が残っている。

「ああ、そういえば、何か絵のようなものがかかってましたね。何の絵だかはおぼえていませんが」

「エアコンはここでしたか」

窓の上を指すと、管理人は、「たしかそうだったと思う」と答えた。

管理人に聞くまでもなく、見ると、エアコンを取り付けたような跡が残っていた。

貴島は窓を開けて、ベランダに出てみた。

ベランダの手すりはコンクリートのボックス型になっていた。覗き込んでみると、一階とはいえ、やや高さがあった。下は植込みになっている。

「やっぱり、そうか」

貴島は独りで頷いた。

6

その日の午後五時半ごろ。

新宿駅東口近くの公衆電話ボックスに入った小野寺修《おのでらおさむ》は、受話器を取り上げようとして、おやと思った。

電話機の上に赤い革の手帳が載っていたからである。

おそらく、修の前に電話を使った人物がうっかり忘れていったものらしい。

修は何げなくそれを手に取ると、中をペラペラと見た。

後ろのパーソナルメモのところに持ち主の住所も名前も年齢も書いてあった。若い女性のようだ。修の好奇心が刺激された。修は二十四になるが、まだ彼女と呼べる相手がいない。

赤い手帳をきっかけに恋が芽生えることもある。

修はにやりと笑うと、その手帳をビジネスバッグの中に放りこんだ。明日にでも届けてやろう。そう思ったのである。

7

翌日、八月二十七日、土曜日。

貴島と倉田は、再び江藤順弥が入院している病院を訪れた。

医師に面会して、江藤の様子をたずねると、脳波に異常は見られず、頭蓋骨折もしていないようだが、挫傷が見られるので、大事を取って、しばらく入院してもらうことにしたと言う。

「だいぶ落ち着いてきていますが、やはり、事件直前の記憶はまだ戻っていないようです。無理に聞き出すようなことはしないでください」

脳神経科の医師はそう付け加えた。

医師から教えられた病室をノックすると、女性が出てきた。江藤の母親だった。知らせを聞いて浜松から駆けつけてきたのだろう。貴島たちの顔を見ると、とたんに表情が強張った。

「江藤君に少し話を聞きたいのですが」

そう言うと、江藤の母親は不承不承という様子で、貴島たちを中に入れた。

個室のようだった。ブラインドをおろした窓ぎわのベッドには、頭に包帯を巻いた江藤が半身を起こして、母親が剝《む》いてくれたらしいりんごを食べていた。

皿の中のりんごは、よく幼児にしてやるような、皮をうさぎの耳に見立てた剝き方がしてあった。

「昨日のことなら何もお話しできませんよ。昼すぎからの記憶がまるでないんです。誰に襲われたのかもさっぱり思い出せないんですから」

　江藤はじろりと貴島たちを見ると、開口一番、そう言った。

「おれたちのことはおぼえているようだな」

　倉田が言った。

「ありがたいことにね」

　江藤はそっぽを向きながら呟いた。

「それなら、二十二日のこともおぼえているね」

　貴島が言うと、

「まだ何か話すことがあるんですか」

　江藤はそっぽを向いたまま言い返した。

「もう一度聞くが、八月二十二日の午後七時ごろ、どこにいました？」

「健忘症にかかっているのはおたくたちじゃないの。この前話したじゃないですか」

「もう一度聞きたいんですよ。本当のことをね」

「だから本当のことを話したじゃないか。午後六時三十五分のこだまで浜松に帰ったって。七時ごろなら新幹線の中でしたよ」

　いらだったように、江藤は声を高めた。

「息子は頭を怪我しているんですよ。興奮させないでください」

江藤の母親が順弥をかばうように立ちはだかった。

「興奮なんかさせてないよ。あんたの息子が勝手に独りで興奮しているだけじゃないか」

倉田がむかっとしたように言い返す。

「本当に六時三十五分のこだまに乗ったんですか」

貴島は江藤の目をじっと見て言った。

「乗りました」

江藤は目をそらした。

「それは妙だな。六時三十五分のこだまに乗ったはずのきみの指紋が、六時二十分に坂田勝彦君の部屋に届けられたジンジャエールの缶に付いていたとはね」

りんごの一切れを口元に運びかけていた江藤の手が止まった。

「な、何のことですか」

語尾がかすかに震えている。

「とぼけるのもいいかげんにしろ。おまえがあの夜、七時ごろ、坂田勝彦の部屋にいたことは分かってるんだ。坂田と一緒にピザを食っただろう。おまえは、そのとき、ジンジャエールを飲んだ。そのジンジャエールの空缶からおまえの指紋が出たんだよ」

倉田がどなった。

「ぼくの指紋って、いつ——」

貴島が「指紋採取」について簡単に説明すると、江藤は悔しそうに貴島を睨みつけた。

「ピザを食ったあとで、おまえは坂田を殺した。トンカチでぶん殴って、首絞めて。え、そうだったんだろ」

「な、何を言うんですかっ」

母親が真っ青になって喚《わめ》いた。

「うちの順弥ちゃんがそんなことをすると思ってるんですかっ」

「思ってるから言ってるんじゃないか」

「順弥ちゃんは、六時三十五分のこだまで帰ってきて、わたしが九時ごろ車で駅に迎えに行ったんですよっ」

「あんたに聞いてないよ。おたくの順弥ちゃんに聞いてるんだ」

倉田は自分と江藤の間に立ちはだかって喚く母親を邪魔そうに押しのけた。すると、江藤の母親は大袈裟《おおげさ》によろめいた。

「な、何をするんですか。乱暴な」

きっと倉田を睨む。

「乱暴なんかしてないよ。ちょっと触ったら、あんたが新派《しんぱ》の役者みたいに派手によろめいただけじゃないか」

「ここは病院なんですよっ」

「だったら、ちょうどいい。あんたのそのヒステリーを治してもらえ」

「な、なんですって」

「ママ、もういいよ」

江藤があきらめたような声で言った。

「ぼく、本当のこと言うよ」

「じゅ、順弥ちゃん」

母親はうろたえたように息子を見た。

「刑事さん、すみませんでした。おっしゃるとおりです。本当は、あの夜、坂田の部屋にいたんです……」

江藤は急にしおらしい顔つきになると、食べかけていたりんごをサイドテーブルに戻し、そう言った。

「確かに、坂田が注文したピザを二人で食べました。ジンジャエールも飲みました」

「そして、そのあと、坂田を殺《や》ったんだな？」

倉田が言った。

「それは違います。ぼくは坂田を殺してなんかいません」

江藤はきっとしたように倉田を睨んだ。倉田も睨み返したが、江藤は目をそらさなかった。

「ピザを二切れほど食べて、坂田の部屋を出たんです」

「嘘をつけっ」

「嘘じゃありません。ぼくが部屋を出たときは坂田は生きていたんです」

「坂田君の部屋を出たのは何時ごろ？」

貴島がたずねた。

「六時――」

江藤は思い出すように一点を見詰めた。

「四十分ごろだったと思います。まだ七時にはなっていませんでした」

「それから？」

「マンションへ戻りました。そうしたら、留守番電話に母からの伝言が入っていたんです。祖母が倒れたからすぐに帰ってこいという。それで、取るものも取りあえず、東京駅に駆けつけて、ちょうど入ってきたこだまに乗ったんです」

「何時の？」

「たしか、八時二十一分だったと思います」

「それでは、浜松に着いたのは、十一時ごろだったんだね」

「そうです。あとはお話ししたとおりです。駅で母に電話して――」

「どうして六時三十五分のこだまに乗ったなんて嘘をついたんだ？」

「怖かったからです……」

「怖かった？」

「ぼくが犯人だと疑われるのが。二十四日のテレビのニュースで坂田の事件を知りました。そのとき、坂田が殺されたのが、二十二日の午後七時前後だと知って、ぎょっとしたんです。たぶん、犯人は、ぼくが帰った直後に坂田の部屋に来たんです。でも、本当のことを言っても、警察では信じてくれないかもしれない。そう思いました。それで――」

「どうして警察が信じてくれないと思った？」

「だって、前島のときだって、ぼくを疑っているみたいだったじゃないですか。きっと坂田の件でもアリバイを聞かれると思いました。もし、本当のことを言ったら、ぼくが犯人だと思われてしまうんじゃないかと思って――」

「それで、家族ぐるみで偽のアリバイをでっちあげたというのか」

「そうです。うちの者に話して、もっと早い新幹線に乗ったことにしたんです……」

「全くうるわしい家族愛ですなあ」

倉田が江藤の母親のほうを見ながら言った。江藤の母親は身の置き所がないというように、縮こまっていた。

「嘘をついたことは謝ります。でも、ぼくは坂田を殺してなんかいません。犯人はぼくが帰ったあとでやってきたんです」

江藤は必死の形相《ぎょうそう》でそう言った。

「坂田君は何か言ってなかったか」

貴島がたずねた。

「何かって？」

「これから誰か来る予定になっているとか」

「いいえ。ただ――」

江藤はふと思い出す目になった。

「そういえば、電話がかかってきました」

「電話？」

「そうです。坂田がピザを注文したあとです。間違い電話みたいでした。坂田が出ると、すぐに切れてしまったようでした。今から考えると、あれは犯人からのものだったのかもしれません。坂田が部屋にいることを確かめたんです。それで、ぼくが帰ったあと、やってきたんです。ぼくを襲ったのもきっとそいつです。おそらく前島を殺したのも――」

「きみたちは誰かに恨まれるようなことをしたおぼえがあるのか」

貴島がそうたずねると、江藤はややひるんだような顔になった。

「そ、そんなおぼえはありません。でも、そうとしか考えられないじゃないですか。手口も似ているようだし。そういえば――」

江藤ははっとしたように貴島を見た。

「この前、日比野先生の妹のことを聞きましたね。あの人が何か関係あるんですか」

「きみは彼女のことは何も知らないんだろう？」

「し、知りませんよ。だけど、どうして日比野先生の妹のことなんか聞いたんですか」

「きみは本当に彼女を知らないのか」

そうたずねると、江藤の目が泳ぐようにきょときょとした。

「知りません」

「だが、坂田君は知っていたようだね」

「坂田が?」

「この前、きみに見せた写真があっただろう?」

「え、ええ」

「あれは坂田君の部屋から発見されたものだ」

「それじゃ、坂田があれを撮ったと?」

「たぶんね。坂田君のいとこが、日比野先生の妹と同じ大学だったらしい。それで、坂田君はたまたま日比野ゆかりさんのことを知った。てっきり、きみにも話したんじゃないかと思ったんだけどね」

「聞いてませんよ」

「その日比野ゆかりが誘拐されたんだよ」

倉田が言った。

「誘拐?」

江藤の顔にぎょっとしたような色が浮かんだ。

「いつ?」

「土曜の夜だ」

「それでドライブ先のことまで聞いたんですか。まさか、ぼくたちが日比野先生の妹を誘拐したなんて思ってるんじゃないでしょうね」

「思ってはいけない理由が何かあるか」

「馬鹿な」

江藤は吐き捨てるように言った。

「なんで、ぼくたちが日比野先生の妹を誘拐しなくちゃならないんです」

「きみは中学のころ、日比野先生に殴られたことがあったそうだね」

貴島が言った。

「ああ……」

江藤の眉間に不快そうな皺がよった。

「左耳の鼓膜が破れるほど殴られたとか」

「ぼくがそのときのことを根に持って、日比野先生の妹を誘拐したと言うんですか」

馬鹿馬鹿しいというように江藤は口元を歪めた。

「六年も前の話ですよ。ぼくはそれほど執念深くはありませんよ。それに、あの件なら、あのあと、先生は暴力をふるったことを謝罪してくれました。今すぐというわけにはいかないが、いずれ辞表を出すつもりでいる。それで許してほしいと。だから、ぼくは先生を許したんです。傷害罪で告訴するのもやめたんです――そうだ」

江藤が何か思いついたように言った。

「あいつかもしれない」

「あいつ？」

「ぼくや坂田たちを恨んでいた人物を一人だけ思い出しましたよ」

「誰だ」

もどかしげに倉田が聞いた。

「吉本という男です」

江藤は言った。倉田の顔にがっかりしたような色が浮かんだ。

「吉本豊の父親か」

「え？ ええ、そうです。吉本が自殺したことで、父親はぼくたちがいじめていたせいだと勘違いしたんです。それで、ぼくたちを――」

「吉本という線はない」

「なぜですか。どうしてそう言い切れるんです」

「その吉本なら二年前に福島の病院でなくなっている。肝臓癌でな」

「え……」

「一人息子をなくして、すっかり生きる希望を失ったらしいな。酒びたりの生活を送ったあげくに、癌に冒されて死んだんだよ」

倉田がそう言うと、江藤の目がさっと伏せられた。

しかし、江藤はすぐに顔をあげた。

「でも、これでお分かりでしょう？」

やや勝ち誇ったような顔つきで、頭の包帯を指さした。

「ぼくも被害者なんです。犯人はぼくも狙ったんですよ。これで、ぼくの容疑は晴れたも同然じゃないですか」

「そうですよ」

それまで萎《しお》れていた江藤の母親も昂然《こうぜん》と言った。

「順弥は被害者なんですよ。それに――」

母親は何かを思い出したような顔になった。

「おとといの夜、うちに奇妙な電話がかかってきたんです」

「奇妙な電話？」

貴島は母親のほうを振り向いた。

「ええ。男の声で『中学の同窓会の通知を出したいので、江藤君の東京の住所を教えてほしい』と言ったそうです。そのとき、電話に出たのは松子《まつこ》さんだったんですが、それをあとで聞いて、わたしは妙だなと思ったんです」

松子というのは、江藤家の家政婦の名前だった。

「どこが妙なんだ？」

と倉田。

「順弥の住所なら前に教えたはずだからです」

「前に教えた？」

「ええ。一月《ひとつき》くらい前にも、中学の同級生だという人から電話がかかってきて、中学の同窓会名簿を作るので今の住所を教えてほしいと言われて教えたことがあったからです。同じことを二度も聞くなんて変じゃありませんか。そのときは、高校の同窓会を中学と松子さんが聞き間違えたんだろうくらいに思っていましたが、今から考えると、おとといの電話は、犯人からのものだったにちがいありません……」

8

その後の調べで、江藤順弥が襲われたのは、二十六日の午後一時前後——小平署の刑事が訪れるおよそ一時間前——であることが判明した。

近隣の聞き込みを重ねた結果、二十六日の午後一時ごろ、江藤の部屋のベランダから、不審な男が出てきたのを目撃していた人物がいたのである。

目撃者は江藤のマンションの住人だった。マンションの裏手は駐車場になっており、ちょうど、車を出そうとしていたその住人は、一階のベランダの手すりを乗り越えて逃げていく男の姿を見ていたのである。

男は三十前後の年ごろで、中肉で背はやや高めだったという。

しかも、そのころ、マンションの中では一騒動が持ち上がっていたことも分かった。近所の子供がマンション内に設置してあった非常警報のベルを悪戯して、非常ベルがしばらく鳴り響いていたというのである。

おそらく、江藤を襲った犯人は、突然鳴り響いた非常ベルに驚き慌てたにちがいない。まごまごしていると、ベルの音で、住人たちが表に集まってきてしまう。そうとっさに考えた犯人は、江藤の首を絞めるのをやめ、ベランダから逃走した——というのが、捜査本部が出した結論だった。

しかし、犯人は、自分の指紋を拭きとるのは忘れなかったらしく、凶器のダンベルにも、ベランダ側の窓ガラスにも、いわゆる遺留指紋は残されてはいなかった。

第七章　生　還

1

八月二十七日、土曜日。午後七時ごろだった。

小平市仲町《なかまち》の青梅街道沿いの歩道を裸足でふらふらと歩いている若い女性がいた。年は二十歳くらい。白の半袖のブラウスに紺色のキュロットスカートを身につけていたが、どこかで転んだのか、衣服には泥が付いている。おまけに、ストッキングはひどく破れて、膝から血を流していた。

片手に白いショルダーバッグをぶらさげ、魂が抜けてしまったような顔つきで歩いている。

道行く人は、そんな若い女を気味悪そうに避けたり、振り返って眺めたりしていた。

仲町交番の巡査、井上俊雄《いのうえとしお》は、交番の前を通りすぎていく若い女に気がつくと、慌てて外に出てきた。

「ちょっと、きみ」

女に声をかけた。しかし、若い女はそのまま夢遊病者のような足取りで歩いていく。

「きみ、待ちなさい」

井上は駆け寄って、女の前に立ちはだかった。女の歩みがようやく止まった。

「何かあったんですか」

若い女の全身を驚いたような目で上から下までじろりと見た。

女はまだ茫然としている。

「きみっ。しっかりしなさい」

井上は若い女を正気づけるように両肩をつかんで強く揺さぶった。

その途端、霞《かすみ》がかかっていたような女の目に理性の光が戻ったように見えた。

派出所に連れてきて、姓名を問うと、女は「日比野ゆかり」だと名乗った。

2

「それでは、二十日の夜、七時過ぎ、天神町のあたりまで来たとき、車に乗った男に声をかけられたんだね」

小平署の刑事がたずねた。

「はい」

日比野ゆかりはかすかに震えながら頷いた。

小平署内である。

ゆかりのかたわらには、連絡を受けて駆けつけてきたゆかりの兄夫婦が心配そうな顔つきで寄り添っていた。

「日の出荘はどこかと聞かれたんです。最初は口で道順を教えたのですけれど、よく分からないから乗ってくれと言われたんです。迷ったんですけれど、日の出荘なら、うちの近くだし、車で五分とかからない距離だったので、いいやと思って乗ったんです。そうしたら――」

そのときのことを思い出したように、ゆかりは大きく身震いした。

「運転席の男の態度が変わったんです。それまでは礼儀正しい感じだったのに。それで、とっさにおかしいと思って車からおりようとしたんですが、後ろの男に何かツンとする臭いの布を鼻にあてられて、そのあとのことは何も分からなくなってしまったんです……」

気がつくと、ガムテープのようなもので目隠しをされ、片手を手錠のようなものでつながれていたのだという。

ゆかりの右手首には、手錠の跡のような痛々しい擦《す》りむけができていて血が滲《にじ》んでいた。

「どこに監禁されていたかは分からない？」

刑事がたずねると、ゆかりは弱々しく首を振った。

「分かりません。ずっと目隠しされていたので。でも、すごく静かでした。周りの物音が全くしないんです。どこかの別荘か何かだったのかもしれません」

「あなたは、そこで――」

刑事はやや聞きにくそうにたずねた。若い娘が三人の若い男たちに一週間も監禁されていたとすれば、当然考えられる事態を刑事は考えたわけだった。

ゆかりは何も答えず両手で顔を覆った。そして激しく泣きじゃくりはじめた。それだけで、彼女の身のうえに起こったことの、おおかたの察しがつくというものだった。

「刑事さん、これ以上は今は――」

兄の功一が、泣きじゃくる妹の肩を抱き寄せ、顔を歪めて言った。

「ええ、まあ」

刑事は咳払いし、ゆかりの興奮が鎮《しず》まるのを辛抱強く待った。

「それで」

ようやく泣きやんだころを見計らって、刑事は再びたずねた。

「今日になって解放されたんだね」

「はい。車に乗せられたことまではおぼえています。でも、乗った途端、またあの刺激臭のある布を嗅《か》がされて、気を失いました。気がついたときは、どこかの空地みたいなところにいました。それで歩いているうちに、青梅街道に出たんです……」

「車のナンバーなどは見なかったかね」

ゆかりはかぶりを振った。

「三人の男たちに見おぼえは？」

「全然ありません。男たちもあたしのことは何も知らなかったようです。行きあたりばったりに選んだみたいです」

「知らなかった？」

刑事は怪訝そうな顔をした。

「しかし、お兄さんのところに身代金を要求する電話がかかってきたんだよ。そのとき、『いもうとをあずかっている』と声は言ったそうだ。ということは――」

「それなら、あとで聞かれたんです。名前とか、電話番号とか、家族のこととか」

ゆかりはそう答えた。

「で、どんな男たちだった？　その運転していた男は？」

「年は二十歳前後で、色の白いのっぺりした感じの顔でした。目が細くて」

刑事はふと江藤順弥を思い浮かべた。

江藤もどちらかといえば色の白いのっぺりした顔だちをしていた。ただよく聞いてみると、髪形も体格も違うようだった。

それに、江藤は、二十六日の午後から病院に入院していたはずである。ゆかりを車に乗せて放り出していった人物と同一であるはずがなかった。

後部座席に乗っていた男たちのほうも人相まではよくおぼえていないようだったが、一人が太っていたような気がするとゆかりは言った。これも、前島や坂田ではなさそうだった。

どうやら、ゆかりを誘拐したのは、江藤たちではなかったらしい。

「顔はよくおぼえていないのですが、声ならおぼえています。一人は関西なまりがありました。運転していた男ではありません。運転していた男は標準語でしたから」

結局、日比野ゆかりから聞き出せたのはこれだけだった。犯人たちが乗っていた車についても、黒っぽい国産車というだけで他に手がかりはなかった。

また、ショルダーバッグに入れておいた財布から、三万ほどあった現金だけが抜き取られていたということだった。

3

日比野ゆかりが無事保護されたという知らせは、中野署にいた貴島のもとにも、すぐに届いた。

「日比野ゆかりが保護されたそうです」

貴島は受話器を置くなり、お茶を啜《すす》っていた倉田にそう言った。

「生きていたのか」

倉田は驚いたように目を剝いた。

「車で拉致《らち》されて、どこかの別荘のようなところに監禁されていたようです」

「今まで？」

貴島は小平署の刑事から聞いたおおよその事情を倉田に話した。

「やはり営利目的ではなくて、行きずりの乱暴目的の犯行だったのか」

倉田が言った。

「どうもそのようですね……」

「身代金云々《うんぬん》は気まぐれで思いついたことだったんだな。電話はかけたものの、成功するはずもないと思ってあきらめたんだろう。まあ、とりあえず生きていてよかった」

倉田はそう言ったあとで、

「しかし、となると、日比野ゆかりの件は今回の事件とは全く無関係だったというわけか」

「そうなりますね。坂田の部屋から見つかった写真くらいで、日比野の妹と江藤たちを結びつけたのは、少々勇み足だったようです」

貴島は頭を掻いた。

「ただ、私の印象では、江藤は日比野の妹を知っていたのではないかという気がしたんですがね……」

「それはともかく」

倉田は前の話題に戻るように言った。

「前島、坂田、江藤、この三人に何らかの恨みを持っている男が犯人であるのは間違いない。年は三十前後。中肉、長身ということまでは分かっている――」

「そのことなんですがね」

貴島が口をはさんだ。

「江藤の件だけは別じゃないかと思うんですが」

「なぜ？」

倉田は眉をつりあげた。

「江藤の母親が言っていたことが気になるんです」

「二十五日の夜、不審な男からかかってきたという電話のことか」

「そうです。もし、江藤家の家政婦から順弥の住所を聞き出した男と、江藤を襲った男とが同一人物だとすると、犯人は、江藤の実家の電話番号は知っていたが、東京の住所は知らなかったということになります」

「うむ」

倉田は腕組みしたまま頷いた。

「つまり、犯人は、江藤が上京してからの知り合いではなく、浜松にいたころの知り合いである可能性が高いということです」

「うむ」

「そこで、もし、江藤を襲った犯人が、前島や坂田を殺した犯人と同一人物だとすると、どうやって、前島や坂田の下宿先を知ったんでしょうかね」

「……」

「前島と坂田の実家に電話をして確かめたところ、両者とも、江藤家にかかってきたような不審な男からの電話はなかったという返事でした。ということは、犯人は、実家に問い合わせなくても、前島と坂田の住所は知っていたことになる。三人に何らかの恨みを抱いていた人物なら、前島や坂田の住所を調べたときに、江藤の住所も調べそうなものです。江藤だけ実家に電話をかけて聞くというのは、どうも納得できませんね」

「うーん」

倉田はまたもや唸り声をあげた。

「そう考えると、前島と坂田を殺した犯人と、江藤を襲った男は別人なのではないかという気がしてならないのです。それに、江藤を襲った犯人は、頭部を殴っただけで首は絞めていない。そのまま逃走している――」

「それは、突然、非常警報が鳴ったのにびっくりしたからじゃないのか」

「しかし、いくら非常警報に驚いたからといって、自分の指紋を拭き取るくらいの余裕はあったわけですから、殺す気があったなら、首を絞めるくらい、たいした手間じゃないでしょう」

「てことは、なんだ、犯人には江藤を殺す気はなかったと言いたいのか」

「そんな気がしますね。江藤と話しているうちに、何かカッとなるようなことがあって、思わず手近にあったダンベルを振り上げてしまったのではないか。そう考えると、一人だけ思いあたる人物がいるんですよ」

「だ、誰だ？」

「あの男なら、年齢的にも体格的にも、目撃者が見たという男にあてはまります。しかも、江藤の実家の電話番号なら、中学の卒業名簿を見れば分かるでしょうし」

「中学の卒業名簿って、まさか？」

倉田は飛び出しそうな目をした。

「三年のときの担任なら卒業名簿を持っているはずです」

4

翌日、二十八日の日曜日。

貴島と倉田は小平の日比野功一の家を訪れた。インターホンを鳴らすと、日比野の妻が応対した。用件を伝えると、日比野功一がすぐに出てきた。

「妹さんが無事戻られたそうですね」

貴島が言うと、日比野は複雑な表情で頷いた。

「九分九厘だめかと思っていたので、生きていたと知ったときはほっとしました」

そう言うわりには、日比野の顔色は冴えなかった。何かまだ彼を思い悩ませていることがあるような顔つきだった。

「今日うかがったのは、江藤順弥君のことなのですが」

貴島がそう切り出すと、日比野の顔にはっとした色が浮かんだ。

「江藤君が襲われたことはご存じですね」

「ええ……。小平署の刑事さんから聞きました。彼の記憶が戻ったのですか」

逆行性健忘症のことも聞いているらしい。

「なぜそう思われるんです？」

「え」

「なぜ江藤君の記憶が戻ったと？」

「あ、いや、そんな気がしたもんですから。まだ記憶は戻ってないんですか」

おずおずした口調で日比野はたずねた。

日比野の肩越しにふと見ると、廊下の突き当たりのガラス扉の陰に日比野の妻がいて、不安そうな表情でこちらを窺っていた。

「記憶はまだ戻っていないようです」

「そうですか……」

日比野はほっとしたように見えた。

「逆行性の記憶喪失だそうですね。聞くところによると、回復するのが難しいと聞きましたが？」

「一生戻らないこともあるそうです」

「そうですか」

明らかに日比野は安堵《あんど》したような溜息を漏らした。

「しかし、案外早く回復することもあるそうです。今のところ、どちらとも言えませんがね」

「はあ……」

「ところで」

貴島は懐《ふとこ》ろから手帳を取り出しながら言った。

「二十六日の午後一時ごろ、どちらにおられました？」

「私ですか」

日比野はぎょっとしたように聞き返した。

「ええ」

「どうして、そんなことを？」

「二十六日の午後一時ごろ、江藤君の部屋から出てきた犯人の姿を目撃していた人がいるんですよ。年は三十前後。中肉で背の高い男だったそうです」

「それが私だって言うんですか」

「そうは言ってません。ただ、その前日に、江藤家に男の声で不審な電話がかかってきたというものですから」

「不審な電話？」

「その男は、中学の同窓会の通知を出したいので、江藤君の今の住所を教えてくれと、電話に出た家政婦に言ったそうです」

「それのどこが不審なのですか」

「江藤君の母親の話では、同じような電話が一カ月ほど前にもあったと言うんですよ」

「え」

日比野の顔色が変わった。

「そのときに順弥君の住所は教えたはずなのに、またかけてくるのはおかしいと言うのです。おそらく犯人が順弥君の住所を知るためにかけてきたと考えられます。しかも、犯人は順弥君の実家の電話番号は知っていた。ということは、郷里にいたころの知り合いで、順弥君が上京してからは付き合いがなかった人物と思われます」

「それで私が怪しいと——？」

日比野は泣き笑いのような表情を見せた。

「もう一度聞きますが、二十六日の午後一時ごろはどこに？」

「うちにおりました」

突然、甲高い声がした。

日比野の口から出たのではない。女の声だった。

ガラス戸の陰でじっとこちらを窺っていた日比野の妻がたまりかねたように出てきた。

「二十六日の午後一時ごろでしたら、主人は確かにうちにおりました」

日比野の妻はややつりあがった目をして、もう一度繰り返した。

「京子……」

日比野がうろたえたように妻を見た。

「そのことを奥さん以外に、どなたか証明してくださる方は——」

「そんな方はおりません。主人はわたしと二人きりでうちにいたんですから。それとも何ですか。わたしの証言では信用できないとおっしゃるんですか」

「京子、もういい」

日比野が強い口調で妻をたしなめた。

「嘘をついてくれと誰が頼んだ？」

「あ、あなた」

日比野の妻は凍りついたような顔で夫を見た。

「刑事さん」

日比野は何かを決心したような目で貴島を見詰めた。が、人の気配を感じたのか、ふと視線を泳がせて階段の上を見た。

階段の踊り場のところに若い女性の姿があった。妹のゆかりだろう。ゆかりは驚いたように目をいっぱいに見開いて兄を見ていた。

日比野功一は妹の凝視から目をそらすと、貴島のほうに向き直って、しっかりとした口調で言った。

「二十六日の午後一時ごろなら、私は江藤のマンションにいました」

5

「私は勘違いしたのです」

警察の取調室で、日比野功一はそう切り出した。

「勘違いって?」

「ゆかりを誘拐したのは江藤たちではないかと――」

やっぱりそうか、と貴島は思った。

「この前、刑事さんが訪ねてきたとき、坂田勝彦の部屋からゆかりの写真が見つかったと言っていましたね。それを聞いて、まさかと思ったんです。

それに、私が聞いた犯人の声は、若い男のようで、なんとなく聞きおぼえのあるような声でした。もしかしたら、あれは坂田勝彦の声だったのではないかという気がしました。でも、坂田がゆかりを誘拐したとは思えません。もし、坂田が一枚噛んでいるとすれば、必ず背後に江藤がいると思ったのです。中学のころからそうでした。坂田は体格のわりには気が小さく、一人では何もできない性格です。その点では前島もそうでした。前にお話しした吉本豊のときも、坂田も前島も、どちらかと言えば、江藤に引きずられてしたことです。

だから、ゆかりの誘拐も、江藤が思いついたのではないかと思いました。江藤は六年前のことを根に持っていて、私への恨みを妹で晴らそうとしたのではないかと思ったのです。そう思いつくと、いても立ってもいられなくなりました。江藤に直接会って真偽を確かめたいという気持ちに駆られたのです。しかし、私は江藤の東京の住所を知りませんでした――」

それで、中学の卒業名簿を見て、江藤の実家に電話をかけたのだという。

「そして、あの日、妻には会社に行くと言って、江藤のマンションを訪ねたのです。江藤は私を見ると少し驚いたようでした。会うのは卒業以来でしたから。私は江藤に私の疑惑を率直にぶつけました。もし、妹をどこかに隠しているなら返してくれと頼みました」

日比野はそのときの江藤とのやり取りを思い出したように苦渋《くじゅう》に満ちた顔になった。

「しかし、江藤は鼻先でせせら笑いました。先生、気でも狂ったんじゃないの。そう言って笑ったのです。あんたの妹のことなんか知らないし、むろん、誘拐なんてするわけがない。そう言い張るのです。

でも、私には江藤が何か隠しているように思えました。もしかしたら、ゆかりはこのマンションに監禁されているのではないか。そんな妄想に駆られたのです。それで、江藤に部屋の中を見せてほしいと頼みました。江藤は拒否した。それでも、私は無理やりあがりこみました。部屋じゅうを探し回りました。トイレも風呂場も見たが、ゆかりはどこにもいなかった。

愕然《がくぜん》としている私を見て、江藤は、げらげら笑いながらこう言ったのです。『こんなところ探すより、山の中でも探したほうがいいんじゃないの。早くしないと、先生の妹、蛆虫《うじむし》の餌食《えじき》になっちゃうよ』と――」

机の上に出されていた日比野の両手の拳がぶるぶると震え出した。

「それを聞いた途端、六年前と同じことが起きました。頭の中で血が沸騰するような感じに襲われたのです。われに返ると、私はいつのまに握ったのか、血の付いたダンベルを持っていて、江藤が足元に倒れていたのです。殴ったことさえおぼえていませんでした。

殺す気はなかったのです。すぐに救急車を呼ぼうと思いました。嘘じゃありません。本当です。でも、そのとき、突然、非常ベルが鳴り響いたのです。私はびっくりしてその場から逃げ出すこと以外に何も考えられなくなってしまったのです――」

「そのわりには、自分の指紋を拭うだけの余裕はあったじゃないか」

倉田が言った。

「余裕じゃありません。とっさに、半ば無意識にしたんです」

日比野は伏し目のままそう答えた。

「むろん、うちへ帰ってきてからは後悔しました。もし、あのまま江藤が死んでしまうようなことになったら、と。でも、あのあと、訪ねてきた小平署の刑事から、江藤の怪我がたいしたことはなかったと聞かされて、ほっとしたのです」

「ほっとしたのは、江藤が、都合のいいことに逆行性の健忘症に陥って、あんたのことをおぼえていないと知ったからじゃないのか」

またもや倉田が口をはさむ。

「正直言って、それもありました」

日比野は率直に認めた。

「いっそ、このまま江藤が何も思い出さなければ、とも思いました。でも、そんな考えも、昨夜、ゆかりが戻ってきたことで、一変しました。江藤たちが妹の誘拐には何の関係もなかったのを知ったからです。それを私はあらぬ妄想に駆られて、あんなことをしてしまった。江藤に申し訳ないと思いました。本当は、あのとき、自首しようかと迷っていたところだったんです……」

6

「それで、前島を殺したのもあんたか」

倉田がたずねた。

日比野はびっくりしたように目を剝いた。

「違います。前島の件は何も知りません。私じゃありません」

「それじゃ、二十一日の午後六時半から九時にかけてどこにいた？」

そう聞くと、日比野は思い出すように机を見詰めた。

「そのころでしたら、私は友人の家にいました。ゆかりの身代金を五千万と言われて、それをかき集めるために友人知人の家を回っていたんです」

「その友人の名前と住所は？」

「小平市小川東町五丁目……。今西靖《いまにしやすし》という男です。それから、所沢市に住む沢木《さわき》という友人の家にも行きました。その時間帯の私のアリバイなら彼らが証明してくれるはずです」

「二十二日の午後七時ごろは？」

「二十二日は夕方からずっとうちにいました。ゆかりを誘拐した犯人が、月曜の夜にまた電話すると言ったからです。明け方まで電話を待っていたのです」

「それを証明してくれるのは？」

日比野は返事に窮したような顔になった。しばらく唇を嚙みしめて黙っていたが、しぼり出すような声で言った。

「妻だけです」

その後の調べで、二十一日の日比野のアリバイは二人の友人たちによって証明された。二十二日のほうは証人が身内である妻だけであることから、アリバイとしての信憑性は薄かったが、前島博和と坂田勝彦を殺したのは同一犯である可能性が高いこと、日比野にはこの段階では前島や坂田を殺す動機がなさそうなことなどから、日比野がかかわったのは、江藤の件だけであるという見方が捜査陣の間でほぼ固まった。

前島、坂田の件に関しては、結局、捜査は振り出しに戻ってしまったというわけである。

第八章　赤い手帳

1

八月二十九日、月曜日。

月曜の朝だというのに、小野寺修は気持ちよく目が覚めた。ベッドから一気に跳ね起きると、鼻歌を歌いながら、洗面所に行った。

いつもより時間をかけて顔を洗い、歯を磨き、髭を剃った。

これまたいつもより時間をかけてクセ毛をドライヤーで整えながら、修の口元はだらしなく緩みっぱなしである。

紀子《のりこ》ちゃんか。可愛い娘だったなあ。あんな子を彼女にできたらなあ。

修はつい独り言を言った。

いや、可能性はおおいにあるぞ。彼女、まだ彼氏はいないって言ってたし、おれにだいぶ関心があるみたいだった。でなけりゃ、電話番号まで教えてくれるはずないよな。

それにしてもラッキーだったな……。

修は先週の金曜の夜のことを思い出してにやついた。あの夜、退社後、同僚とフラリと立ち寄った居酒屋で、彼女たちに会ったのだ。新宿の商事会社に勤めるＯＬの三人連れだった。

すでにほろ酔いかげんだった修と同僚は、たまたま隣り同士になったＯＬたちとすぐに意気投合してしまい、その店を出て何軒もはしごをしたあげく、カラオケで知っている歌を全部歌い尽くしたころには、数時間前にはじめて会ったとはとても思えないような間柄になっていた。

その彼女たちに、別れ際、「明日、葉山に行くんだけど、あなたたちも一緒に来ない？」と誘われたのである。

何でも、中の一人の伯父さんというのが葉山に別荘を持っていて、週末、彼女たちはそこへ遊びに行くというのである。修も同僚も二つ返事でオッケーした。

土日にかけて江ノ島で遊び、おまけに、修がひそかに、いちばん可愛いなと思っていた娘から、電話番号まで教えてもらったのだ。

修にとっては、まことに結構ずくめの週末を過ごしたというわけだった。

月曜の朝だというのに、鼻歌が出るのも無理はなかった。

ところが、その鼻歌も、トーストをかじりながら朝刊に目を通しているうちに、ぴたと止まった。

社会面のある記事が修の注意を奪ったのである。

それは、「女子大生、一週間ぶりに無事保護」という見出しの記事だった。

修はさっと読み飛ばした記事をもう一度読み直した。

新聞から顔をあげた修の顔には、さきほどまでの上機嫌さはなくなっていた。その代わり、怪訝そうな表情が浮かんでいる。

しばらく何かを思い出すようにボーとしていたが、ようやくはっとした色が顔に浮かんだ。

修は新聞を放り出すと、慌てて、ビジネスバッグを開けた。中には書類に混じって赤革の手帳が入っていた。

金曜の夕方、新宿の電話ボックスの中で拾った手帳だった。

修は、「あちゃー」というように自分の頭を拳で叩いた。

土曜に持ち主に返しに行こうと思ってビジネスバッグに入れたきり、すっかり忘れていたのである。

修は手帳を開いてペラペラとめくった。

そのうち首を傾げた。

今度は放り出しておいた朝刊を取る。さっきの記事を見た。

手帳と新聞を交互に眺め、修は、「変だな」と呟いた。

2

その朝、中野署にいた貴島のもとに、小平署の刑事、堀川《ほりかわ》から電話が入った。堀川は以前、日比野功一を訪ねたとき、逆探知をするために日比野家に張り込んでいた二人の刑事のうちの年配のほうだった。

堀川は、開口一番、大変なものが出てきたと言った。ひどく興奮しているような声だった。とにかく電話では何なので、直接そちらに出向くと言ってきた。

しばらくして、堀川が若い刑事を連れて現われた。

「とんでもないものが見つかりましたよ」

手には赤革の手帳のようなものを持っていた。

「今朝がた、池袋に住む小野寺というサラリーマンが届けてくれたんですよ。何でも、先週の金曜日の午後五時半ごろ、新宿駅東口そばの公衆電話ボックスの中で拾ったと言って――」

堀川はそう言って、手帳を貴島に渡した。倉田が何だ何だというように近づいてきた。

「これは――」

手帳を開いて中をペラペラと見ていた貴島の目の色が変わった。

手帳の後ろにあるパーソナルメモというところには、日比野ゆかりの名前と住所が記されていた。

「この手帳を、小野寺というサラリーマンは、先週の金曜日の午後五時半ごろに拾ったと言ったんですか」

貴島は確認するように堀川にたずねた。

「ええ」

堀川は力強く頷いた。

「しかし、それは妙ですね。先週の金曜といえば、日比野ゆかりは――」

「そうなんですよ。彼女の話では、男たちから解放されたのは、土曜になってからだということでした。金曜の夕方にはまだ監禁されていたはずなんです。それなのに、なぜか彼女の手帳が、金曜の夕方、新宿駅東口の電話ボックスに置き忘れてあった。小野寺というサラリーマンもそれを不審に思って、交番ではなくて、わざわざ小平まで届けてくれたんです」

「それにしても、どうして今ごろ？」

そう聞くと、

「小野寺の話では、それを拾ったのは、翌日、手帳の持ち主に直接返してやろうと思ったからだそうです。ところが、その夜、たまたま居酒屋で知り合ったＯＬたちと葉山に土日にかけて遊びに行ってしまった。今朝、新聞を見て、ようやく手帳のことを思い出したと言うんですよ」

堀川はそう説明した。

「ちょっと見せてみろ」

横から倉田が手帳を奪った。中を見て、「え」という顔になった。

「なんで、日比野ゆかりの手帳が新宿の電話ボックスの中から見つかったんだ？」

「考えられる可能性は、ゆかりを誘拐した犯人が、彼女のバッグから手帳を奪って、それを新宿駅東口の電話ボックスに置き忘れたということですが――」

貴島が言うと、堀川がすぐに首を振った。

「しかし、男たちに手帳を奪われたとは日比野ゆかりからは一言も聞いていません。盗られたのは、現金だけだったと言っていました」

「誘拐される前にゆかり本人が置き忘れたのかな」

倉田が言った。

「それはおかしい。そうだとすると、一週間以上も、この手帳が電話ボックスの中にあったことになります。新宿駅そばの電話ボックスなら利用者も多いでしょうから、誰かが気づいて届けるか、ゆかり本人が取り返しに行ったと思いますがね」

考え込みながら貴島が言った。

「だが、その手帳を置き忘れて、すぐに誘拐されたとすれば、ゆかりには取りに行く時間はなかったかもしれないぞ」

倉田が反駁した。

「それはないんじゃないですかね」

そう言ったのは堀川だった。

「ゆかりが置き忘れたとすれば、土曜ということはない。土曜は、午後四時から六時までは駒込のアルバイト先にいたはずですし、それまではずっとうちにいたそうです。置き忘れたとしたら、前日の金曜以前ということになります。気がついて、取りに行く時間は十分あったと思いますがねえ」

「そうか」

「とにかく、電話ボックスの中に置き忘れてあったということは、電話をかけるのに、この手帳を使ったと考えられます。つまり、この手帳に記されていた電話番号に何かあるのではないかと思って見たところ――」

堀川は倉田から手帳を奪い返すと、アドレス欄を開いて、貴島に見せた。

「ここを見てください」

堀川の指さした箇所を見た貴島の目が釘づけになった。なぜ、堀川が日比野ゆかりの手帳をわざわざ管轄違いの中野署に持ってきたのか、これでようやく分かった。

確かに、この手帳はきわめて重要な手がかりと言ってよかった。

日比野ゆかり誘拐事件にとっても、大学生連続殺人事件にとっても……。

「どうやら、今回の事件はもう一度、根底から調べ直さなければならなくなったようです……」

貴島は目を光らせてそう言った。

3

「それじゃ、順弥ちゃん、ママ、もう帰るけれど――」

江藤佳子《よしこ》は、それまで覗き込んでいたコンパクトの蓋《ふた》をようやく閉じながら言った。

「ここは完全看護の病院だというし、順弥ちゃんを襲った犯人もつかまったし、もうママがいる必要ないわね」

「ああ」

江藤はうるさそうに頷いた。

「それにしても、あの日比野が犯人だったなんて――」

佳子は腹だたしげに言った。

「六年前といい、今度といい、何てやつなのかしら。きっと前島君や坂田君を殺したのも、あいつにちがいないわ」

「早く行けよ。新幹線に間に合わなくなるよ」

江藤はこめかみのあたりを指で押えながら不機嫌な顔で言い捨てた。

「どうしたの。頭、痛いの」

佳子は不安そうに息子を見た。

「少しね」

「先生を呼びましょうか」

おろおろした声で言う。

「いいよ。すぐに治るよ」

江藤はそう答えながら、腹の中で呟いた。

あんたが出ていけばね。

あんたのその香水の匂いに頭が痛くなっただけなんだから。

今年、四十四になるはずの母親は、若作りのせいもあって、まだ三十代にしか見えなかった。

「そうお？」

佳子はなおも不安そうに息子を見ていたが、そのとき、ドアがノックされ、看護婦の顔が覗いた。

「江藤さん、お電話です」

「ぼく？」

順弥はベッドから起きようとした。

「いいえ、お母さんに」

看護婦はきびきびした声で言う。

「あら、わたし？」

「警察の方だそうです」

「あら、そう……」

佳子の眉間にかすかに皺が刻まれた。ハンドバッグを取り上げると、「じゃあね」と順弥のほうを振り返り、病室を出た。

看護婦について一階の受付まで来ると、はずしてあった受話器を取った。

「もしもし、江藤でございますけれど」

そう呼びかけると、かみつくようなだみ声が耳に飛びこんできた。

「中野署の倉田です」

佳子の顔が不快そうに歪んだ。この声。すぐに思い出した。あの失礼な刑事だわ。神社の狛犬《こまいぬ》みたいな顔をした……。

「ちょっと、奥さんに伺いたいことがあるんですがね」

「何でしょうか」

佳子は取り澄ました声で言った。

「前に同級生だと名乗る人物から電話がかかってきたと言ってましたね」

「はあ？」

佳子は何のことやら分からず、やや間の抜けた受け答えをした。

「同窓会の名簿を作るので、順弥君の東京の住所を教えてほしいという内容の電話ですよ。日比野の電話の前にあったという――」

「ああ」

佳子はようやく何を聞かれているのか理解した。

「ええ。確かにその電話ならわたしが受けました」

「そのとき、電話番号も聞かれましたか」

「ええ、もちろん」

「いつごろのことです？　その電話があったのは？」

「ですから、前も申し上げたように、一カ月ほど前ですわ」

「その電話の声だが――」

倉田はたずねた。

「男でしたか」

佳子はためらうことなく答えた。

「いいえ。若い女性の声でした」

4

受話器を叩きつけるように置くと倉田が言った。向こうのデスクでは、貴島もちょうど受話器を置くところだった。

「どうだった？」

倉田がたずねると、

「前島と坂田の実家にも同じような電話がかかってきたそうです。一カ月ほど前に若い女の声で」

貴島はそう答えた。

「おそらく、日比野ゆかりは、兄が持っていた卒業名簿を使って、前島たちの実家に電話をかけたのでしょう。兄がしたことを妹もしていたんです。そして、前島たち三人の下宿先と電話番号を手帳のアドレス欄に書き込んだ――」

「これはどういうことなんだ？」

「間違いない」

倉田はまだ分からないというように首を捻った。

「なんで日比野ゆかりは、同級生でもないのに同級生と偽《いつわ》って、前島たちの下宿先を知ろうとしたんだ？　いや、そもそも、なんで監禁されていたはずの彼女の手帳が先週の金曜に新宿で見つかったんだ？」

「もはや考えられる可能性はひとつしかありません」

貴島がきっぱりと言った。

「なんだ？」

「この手帳を金曜の夕方、新宿の電話ボックスに置き忘れたのは、ゆかり本人だったということです」

「て、ことは――」

「日比野ゆかりは、誘拐も監禁もされてはいなかった。すべては彼女の狂言だったということです」

5

「ゆかりですか」

日比野京子は、貴島たちの突然の訪問にやや驚いたように聞き返した。

「ゆかりなら、さっき、友達と会う約束があると言って出かけましたけれど」

「その友達というのは？」

「さあ、そこまでは」

京子はそう言って首を傾げた。

「夕方までには戻ると言ってましたけれど。あの、ゆかりに何か？」

怪訝そうな顔で聞く。

「あ、いや、ちょっと。ところで、ゆかりさんは手帳をなくしたと言ってませんでしたか」

念のためにそう聞くと、京子は首を振った。

「いいえ、そんなことはべつに」

「つかぬことを伺いますが、ゆかりさんには親しく付き合っている男友達はいますか」

「は？」

京子は面食らった顔をした。

「恋人か、それに近い男性という意味ですが」

もし、ゆかりの誘拐事件が狂言だったとすれば、兄夫婦のもとにかかってきた身代金要求の電話は、ゆかりの共犯者がかけたと考えられる。

秘密保持ということを考えれば、ただの男友達とは思えなかった。恋人に近い存在ではないかと思ったのである。

「いいえ、わたしの知っているかぎりでは、今はいないと思います」

「今は、というと？」

「高一のときからずっと親しくしていた人がいたというのは聞いたことがあります。でも、その方なら去年なくなりました」

「なくなった？」

「冬山で遭難したんです。大学の山岳部に入っていたらしくて。山瀬孝夫《やませたかお》さんといって、ゆかりの高校の先輩だったと聞いています」

死人では共犯者になりえない。

「他には？」

「さあ。軽い付き合い程度の男友達ならたくさんいたでしょうけれど、恋人といえるのは、その人だけだったんじゃないかしら……」

「二十日の夜にかかってきた誘拐犯からの電話に出たのは奥さんですか」

「いいえ。電話を取ったのは主人です」

これは日比野功一に直接あたったほうがよさそうだと貴島は思った。

「もうひとつ伺いたいんですが、二十日の土曜日、アルバイト先へ出かけるとき、ゆかりさんはボストンバッグのようなものを持っていませんでしたか」

「ボストンバッグ？」

京子は目を見張った。

「いいえ。いつも持っていく白いショルダーバッグだけでした――」

京子はそう言いかけ、小さく、「あ」と言った。

「そういえば、紙袋を持っていました。教え子の中学生の誕生日が近いので、バースデイプレゼントが入っていると言ってました」

「そのアルバイト先の電話番号を教えてもらえませんか」

そう言うと、京子の顔はいよいよ不審そうになった。

「あの、いったい――」

今まで聞かれたことがゆかりの誘拐事件と何の関係があるのかという顔つきだった。

それでも、「少々お待ちください」と言って、奥に引っ込んだかと思うと、メモのようなものを持って現われた。

駒込のアルバイト先の電話番号が書いてあった。

それを受け取ると、貴島と倉田は日比野家を早々に立ち去った。

6

日比野家を出ると、貴島は近くの公衆電話を使って、駒込のアルバイト先に電話を入れてみた。

出たのは、その家の主婦らしかった。中学生の次女に代わってくれと言うと、すぐに子供の声に代わった。

二十日の土曜日、日比野ゆかり先生からバースデイプレゼントを貰ったかと聞くと、少女は「貰っていない」と答えた。聞くと、少女の誕生日は五月だと言う。

やはり、ゆかりが持っていた紙袋は教え子に渡すバースデイプレゼントではなかったのだ。

「あの日、ゆかり先生は紙袋を持っていなかった？」

続けてそうたずねると、少女は、「持っていた」と答えた。しかも、ゆかりは、その紙袋を帰るときも持っていたとも言った。

「たぶん、日比野ゆかりは紙袋に変装用の衣類を入れていたんじゃないかと思います」

受話器を置くと、貴島は倉田に言った。

「アルバイト先を出ると、駒込駅のトイレかどこかで、変装用の衣類に着替えたはずです。小平を出たときと同じ恰好をしていたとは思えない。見知らぬ男たちに車で拉致されて監禁されていたことにするためには、同じ恰好でうろついていてはまずい。彼女を知っている人物にどこかでバッタリ出会っても分からないくらいの変装をしていたはずです。かつらを被《かぶ》るとか眼鏡をかけるとかして。衣類も全く違うものに変えたはずです。そうした変装用の衣類をあらかじめ用意していったんでしょう」

「しかし、動機は何だ。日比野ゆかりが前島たちを殺そうとした動機は？」

小平駅に向かいながら、倉田がじれったそうに言った。

「分かりません。ただ、江藤に聞けば何か分かるかもしれません」

貴島はそう答えた。

「まさか——」

ふいに倉田が足を止めた。

「ゆかりが江藤を狙うなんてことはないだろうな」

「それはないでしょう」

貴島は一笑に付した。

「江藤が入院しているのは知っているはずです。まさか病院まで――」

貴島はそう打ち消しながらも、なんとなく厭な胸騒ぎがした。

7

「江藤順弥さんの病室はどこでしょうか」

そうたずねられて、Y病院の受付カウンターにいた本村美代子《もとむらみよこ》は顔をあげた。

目の前には若い女性がいた。胸に抱えた大きなバラの花束が半ば顔を隠している。おそらく見舞客だろう。

「少々お待ちください」

本村はそう言って、江藤順弥の病室を調べると、それを若い女性に伝えた。

「306号室です」

8

ドアがノックされた。

ベッドの中で雑誌を読んでいた江藤順弥は、「どうぞ」と答えた。

ドアの開く音がして、人が入ってきた気配がした。それでも、順弥は雑誌から顔をあげなかった。どうせ看護婦だろうと思っていたからだ。

ふと、芳香が鼻孔をくすぐった。

バラの香り?

はっと顔をあげると、黄色いバラの花束を抱えた若い女が立っていた。抱えた花束が女の顔を半ば隠している。

女は栗色の髪に、茶のグラデーションの付いた大きなファッショングラスをかけていた。

花束を抱えていないほうの手には紙袋をさげている。

「だ、誰だ?」

順弥はぎょっとして言った。

女は黙って、バラの花束をテーブルの上に置いた。ようやく女の顔がはっきりと見てとれた。しかし、ファッショングラスのせいで、誰なのかまだ分からなかった。

順弥はいぶかしげに女を見た。

「まだ分からないの?」

女はそう言って、かすかに笑うと、ファッショングラスをはずした。

「きみ――」

順弥は驚いたように目を見張った。

「な、何しに来たんだ」

「見れば分かるでしょう。お見舞いに来たのよ」

「見舞い？」

順弥の目が猜疑《さいぎ》に光った。

「兄があんなことをしたお詫《わ》びを兼ねて」

「………」

順弥の目から猜疑の色は消えなかったが、それでも、幾分ほっとしたような顔つきになった。女の正体と来訪の理由が分かったからだ。

「きみ、誘拐されたんだって？」

面白がるような口調で順弥は言った。

女は黙っていた。

「日比野先生ときたら、おれがきみを誘拐したと勘違いしてさ――」

「兄のしたことは謝るわ。だから、あなたも謝ってほしいわ」

女は無表情のまま言った。可愛らしい顔に似合わない低い声だった。

「謝るって、何を？」

順弥はおどけたような顔をした。

「あなたがわたしにしたことよ」

「な、何だよ……」

「忘れているなら思い出させてあげる。七月二十三日の土曜日。どう思い出した？」

順弥の顔からにやにや笑いが消えた。

「あの二人は謝ってくれたわ」

「あの二人って――」

「前島と坂田よ。二人とも土下座して謝ったわ。あれは江藤に言われてしかたなくしたことだ、許してくれって」

順弥の目がきょときょとと動きはじめた。

「でもね、謝って許されることとそうでないことがあるのよ……」

女は紙袋の中に手を入れた。

「ちょ、ちょっと待ってくれよ……」

順弥はベッドから跳ね起きようとした。しかし、その前に、女は右手に握ったものを大きく振り上げて、順弥の頭に振りおろした。

鈍い音がした。

9

ゆかりは、しばらくボンヤリとしていた。

が、すぐにわれに返ると、江藤の首に食い込んでいたビニール紐をはずし、赤い筋の付いた首筋に手をあてた。前島のときのような失敗を繰り返すつもりはなかった。

脈はなかった。

江藤の瞼《まぶた》を撫《な》でて開いたままの目を閉じさせると、その体をベッドの中に押し込んだ。顔の半ばまで布団を被せる。

こうしておけば、看護婦が見に来ても眠っているように見えるだろう。病院を出るまでくらいの時間は稼げる。

ポケットからハンカチを取り出して、触ったところを拭った。そして、テーブルの上の黄色いバラの花束を再び取り上げると、それを胸に抱えた。

ハンカチでくるむようにドアのノブをつかみながら、やり残したことはないかというように、室内を見回した。

何もない。

そう確認すると、ゆかりはドアを開けた。あたりを見回す。廊下には誰もいなかった。素早く外に出ると、外側のノブもハンカチで拭った。

花束で顔を隠すようにして階段をおりた。

二階の踊り場まで来て、はっと足を止めた。下から足音がする。誰かが階段をあがってきたようだ。

どうしよう。

一瞬迷って、廊下のほうを見た。しかし、廊下にも人影があった。

とっさにそのままおりるほうを選んだ。

大丈夫だ。何食わぬ顔をして擦れ違えばいい。花束で顔が見えないようにして。落ち着いて、ゆっくりと。

見舞客のような振りをして……。

足音が近づいてきた。男の二人連れのようだった。

花束の陰からちらと見ると、長身の若い男と、背の低い中年男だった。

ゆかりは心臓が止まりそうになった。男たちの顔に見おぼえがあった。

刑事だ。

兄のことを調べにきた刑事だった。

江藤を訪ねてきたにちがいない。

擦れ違うとき、ゆかりの腕が長身の刑事の腕とかすかにぶつかった。

「失礼」

刑事はそう言って、ゆかりのほうを見た。

ゆかりは軽く頭をさげた。心臓が口から飛び出しそうになっていた。

しかし、刑事はちらと見ただけで、何事もなかったように視線を戻した。

気づかなかった。そのまま駆けおりたい衝動を必死に押えて、ゆかりは、ゆっくりと階段をおりようとした。

「ちょっと」

背後で男の声がした。

気づかれた？

ゆかりは凍りついたように立ち尽くした。

10

声をかけると、女は立ち止まった。

ブルージーンズに黄色い大きなバラの花束を抱えた若い女だった。

踊り場に花柄のハンカチが落ちている。その女が落としたものらしい。

「ハンカチ、落としましたよ」

貴島がそう言うと、女は床を見た。

ハンカチを拾おうと、片手に持っていた紙袋を下に置いた。そのとき、紙袋が床にあたってゴツンという異様な音をたてた。

貴島はおやというように女を見た。

若い女はハンカチを拾い上げると、無造作にポケットに入れ、紙袋を持ち上げた。

「どうも」と小さな声で礼を言うと、背中を向けた。

「おい」

上からせかすような倉田の声がした。

「あ、今行きます」

貴島は慌てて階段を駆け昇ろうとした。が、その足が途中で止まった。

待てよ。

花束を持っていたところを見ると、あの女、見舞客のようだが、どうして、下へおりていったのだろう。

そんな疑問が頭にひらめいた。

上へ行くというのなら分かる。しかし、花束を持って下へ行くというのは——。

それに、何だ、あのゴツンという音は。まるで紙袋の中に何か硬いものでも入っているようだった。

まさか、あの女——。

貴島は昇りかけた階段を駆けおりた。

「きみ」

女の後ろ姿に向かって声をかけた。

だが、女は今度は立ち止まらなかった。そのまま階段を駆けおりていく。

「ちょっと待ってくれ」

貴島はあとを追いかけた。

途中で女の腕をつかまえた。

「何するのよ。離してよっ」

女は悲鳴をあげた。

つかまれた腕を振りほどこうとした瞬間、持っていた紙袋が手から離れた。

紙袋はガツンという音とともに一階のフロアに落ちた。

女はあっというように紙袋を見た。

中から血の付いた金づちが覗いていた。

第九章　転落の真相

1

「あの夜――八月二十日の土曜日の夜のことです。駒込のアルバイト先を出ると、駒込駅のトイレで持っていた服に着替え、かつらと眼鏡で変装しました」

中野署の取調室で、日比野ゆかりはそう供述をはじめた。

栗色の髪はかつらだった。

「変装用の衣類はうちから持参してきたんだね。紙袋に入れて」

貴島がたずねると、ゆかりはこくんと頷いた。頬や口元にまだあどけなさが残っている。

こうしてうなだれているところは、どう見ても被害者のそれで、男三人を襲った殺人者にはとても見えなかった。

「そうです。義姉には、教え子のバースデイプレゼントが入っていると言いました。そう言っておけば、あとで、あの紙袋を持って帰らなくても怪しまれないと思ったからです」

「それで？」

「それまで着ていた服を紙袋に入れると、それを持って新宿まで行きました。そこで、着替え用の下着と衣類とスポーツバッグを買いました。それから、公衆電話を使って、うちに身代金要求の電話をかけました」

「電話は誰にかけさせたんだ？」

「誰にも。わたしが自分でかけたんです」

ゆかりはそう言って昂然と目をあげて、貴島を見詰めた。

「しかし、お兄さんは男の声だったと――」

「テープを使ったんです」

「テープ？」

「男の声が入ったテープを。それを受話器のそばで流したんです」

「テープの声だったのか」

「そうです。誘拐犯なら一方的に話してもおかしくはないでしょう？」

「声はいったい誰の――？」

「山瀬さんです」

ゆかりの目が暗くかげった。

「山瀬って、もしかしたら、きみが以前付き合っていたという？」

「ええ。山瀬孝夫さん。わたしの高校時代のサークルの先輩だった人です。彼に協力してもらいました」

「協力って、その山瀬という人は去年なくなったと聞いたが」

「あれは三年前に吹き込んだものです。三年前、兄とわたしの間でちょっとしたトラブルがありました。兄の結婚をめぐってのトラブルでした。そのとき、兄をちょっと困らせてやろうと思って、偽装誘拐を思いついたんです。わたしが誘拐されたと知れば、兄がどんな反応を示すか見てみたかったんです。それで、そのころ付き合っていた山瀬さんに犯人役を頼みました。でも、彼は大学の山岳部に入っていて、明日から山に行くので、そんなことはできないと言いました。それでも、無理を言って、声だけテープに吹き込んでもらったんです。

でも、結局、そのときの思いつきは実行しませんでした。山瀬さんからつまらない悪戯はやめたほうがいいと言われたし、わたしも少しやりすぎかなと思い直したからです。でも、テープだけはそのまま持っていました。そのテープのことを思い出して、今回のアリバイ工作に使おうと思いついたのです」

声の主である山瀬という男はすでになくなっている。これなら、共犯者の口から犯行がばれる心配はない。死人に口なしというわけだった。

「それにあのテープを使った理由はもうひとつあります。営利誘拐の振りをして、警察に知らせるなと言えば、兄のことだから、そのとおりにすると思ったんです。できれば、あの三人を殺すまでは、警察には知られたくなかったんです。

最初の計画では、犯人から解放された振りをしてうちに帰るのは、火曜の夜のつもりでした。それまでに、江藤たちを殺してしまうつもりだったんです。でも、坂田までは計画どおりに行ったのに、いざ肝心の江藤の段になって、計画どおりに行かなくなってしまったんです。何度電話をしても、江藤はマンションに帰っていないようだったので、しかたなく、金曜日まで待ちました。それで、金曜の夕方、新宿駅そばの電話ボックスで江藤のマンションに電話をかけました」

「そのときに、あの手帳を置き忘れてきたのか」

「そうです。あのとき、ようやく電話がつながったかと思ったら、出たのは江藤ではなくて年配の男の声でした。しかも、電話の向こうから、何人かの男の声が聞こえてきました——」

電話に出たのは、江藤の殴打事件を調べていた所轄署の刑事だったにちがいない。

「すぐに電話を切りましたが、江藤の部屋で何かが起こったような気がしました。それで、そのことに気を取られて、電話ボックスを出るとき、ついうっかりして手帳を忘れてきてしまったんです。途中で気づいて取りに戻りましたが、もう手帳はどこにもありませんでした。あの手帳がなければ、江藤のマンションの住所も分かりません。しかも、翌日の朝刊で、江藤が何者かに襲われたことを知りました。それで、江藤のことはいったんあきらめて、うちに帰ることにしたんです……」

ゆかりの話では、二十日の夜から二十七日の朝まで、偽名を使って新宿のビジネスホテルを転々としていたのだという。

そして、二十七日の朝、ホテルを出ると、新宿で夕方まで時間をつぶして、スポーツバッグと着替え用の衣類の類いは、コンビニで買った黒いゴミ袋に別々に入れ、公園のゴミ箱に捨てて処理したあと、タクシーで小平の仲町あたりまで乗りつけ、そこでおりたということだった。

「仲町の中学校裏手に空家があるのです。そこで、二十日に着ていた服に着替えると、それまで着けていたかつらと眼鏡を取り、靴も脱いで紙袋に入れたんです。凶器に使った金づちとビニール紐もその中に入れました。それと男たちに盗られたように見せかけるために現金も。あとで処理するために、いったんその紙袋を空家に隠しておきました。そうしてから、わざと裸足で青梅街道沿いの交番の前を歩いたんです……」

2

「凶器の金づちは前島のときから用意してたのか」

そうたずねると、ゆかりは頷いた。

「そうです。あれは、前もって、金物屋で買っておいたものです」

「しかし、前島のときは、金づちは使わなかったね。どうしてだ？」

「持っては行ったんです。でも、前島の部屋に入ってみたら、金属バットがすぐ目につきました。だから、とっさにあれを凶器にすることにしたんです。そうすれば、突発的な犯行のように見えますから」

「前島の部屋に行ったのは何時ごろだった？」

「午後七時ごろだったと思います。坂田のときとほぼ同じころです」

「前島をベランダから突き落としたのはきみか」

「違います。わたしは土下座している前島を金属バットで殴り、気絶したところを、そばにあったドライヤーのコードで首を絞めただけです。前島がぐったりしたので、死んだと思って部屋を出てきたんです。なるべく死体の発見を遅らせるために、前島の短パンのポケットに入っていた鍵でドアを施錠しました」

「しかし、前島の直接の死因はベランダからの転落によるものだった」

「ええ。それを新聞で読んで驚きました。あのあと、何が起きたのかは分かりません。たぶん、わたしが部屋を出たとき、前島は死んではいなかったのです」

やはり、前島の転落死については、ゆかりは何も知らないようだった。

「さっき、前島が土下座しているところを殴ったと言ったが、きみは前島とは知り合いだったのか」

「いいえ。でも、彼とは一度だけ会ったことがありました……」

「どこで？」

「江藤の車の中で」

3

「八月二十日の土曜の夜のことは、確かにわたしが仕組んだ偽装誘拐です。でも、わたしが警察の人に話したことは、全部が作り話ではありません。半分は本当にあったことなんです」

ゆかりはそう言って唇を嚙みしめた。

「アルバイトからの帰り道、天神町あたりで、車に乗った男に声をかけられたというのは本当です」

「いつのことだ？」

「七月二十三日の土曜日です」

「その男というのが――」

「江藤でした。もちろん、そのときは、その男が、昔、兄の教え子だった江藤順弥だとは夢にも思いませんでした。日の出荘というアパートを探していると言いました。わたしはその言葉を疑いませんでした。それで、車に乗ってしまったんです。後ろの座席に

「江藤の車の中？」

男が二人乗っていました。それが前島と坂田でした。

　今から思えば、あれは罠だったんです。江藤たちはわたしの住所も、週二回アルバイトに行くことも調べたうえで、あそこでわたしを待っていたのです。駅のそばで似たような車を見かけましたから、小平駅の前でわたしが出てくるのを待っていたのかもしれません。それで、先回りして、あそこでわたしが通りかかるのを待ちぶせしていたんです」

「それで、きみは――」

「監禁こそされませんでしたが、車の中で、あの三人に犯されました。中の一人が『江藤』と呼ぶのを聞きました。そのとき、もしやと思ったんです。しかも、ようやく解放されたとき、別れ際に、江藤がにやにやしながら『お兄さんによろしく』と言ったんです。

　それで、うちへ帰ってから、兄の部屋にあった中学の卒業アルバムを調べました。兄が教師をやめる原因になった体罰事件の生徒の名前が江藤と言ったことを思い出したのです。やっぱりそうでした。もう二人の男の名前もすぐに分かりました。中学のときの面影が二人とも残っていました。あの三人の男は行きずりなのではなくて、兄への恨みをわたしを襲うことで晴らそうとしたのだと分かりました」

「三人の身元が分かったところで、強姦罪《ごうかんざい》で告訴しようとは考えなかったのか」

「それも一度は考えました。でも、そんなことをしてどうなります？　たとえ裁判で勝ったとしても、あの三人に下されるのは極刑じゃない。せいぜい懲役何年くらいのものでしょう。それだって、勝てばの話です。

わたしは、あのときすぐに病院には行きませんでした。医師の診断書がないのです。たとえ告訴しても、とても勝つ見込みがあるとは思えませんでした。それに、兄にこのことを知られたくなかったのです。兄は六年前もずいぶん苦しんだようでした。体罰にあれほど反対していた自分が江藤という生徒を殴ってしまったことを。それなのに、その生徒が六年もたって、あのときの腹いせにわたしを襲ったと知ったら、兄がどんなに苦しむかと思うと……。

でも、だからといって、このまま泣き寝入りなど絶対にできないと思いました。そして、考えた末に、わたしがわたし自身の手で彼らを裁こうと決めたのです……」

4

「あの娘がなあ……」

日比野ゆかりの取調べを終えて、刑事部屋に戻ってきた倉田はそう呟いた。本人からの自白を得たあとも、まだ信じられないという顔だった。

「坂田を訪ねたとき、妙におびえていたのは、あの娘をレイプした一件がばれたと思ったんだろうな」

「おそらくね。江藤がゆかりの写真を見て反応を示したのも、同じ理由からだったんでしょう。それにしても、日比野功一が真相を知ったら、さぞ――」

貴島はそう言いかけて黙った。妹の犯罪を知ったときの日比野の心中を察すると、慄《りつ》然《ぜん》とするものがあった。

暴力は新たな暴力しか生み出さない。

日比野が浜松で中学教師をしていたころ、そう口癖のように言っていたという。まさにこの言葉を実証するような事件だった。日比野は改めてこの言葉の重さを嚙みしめるにちがいない。

六年前に彼が教え子にふるった暴力は、レイプという新たな性暴力を生み出し、その性暴力は、結局は、殺人という最大の暴力をも引き起こしてしまったのである。

しかも、さらにさかのぼってみれば、日比野の暴力を引き起こしたものは、江藤順弥が一人のクラスメートにくわえたいじめという暴力だった。

そして、その江藤でさえ、やはり何か目に見えない暴力の被害者だったように思えてならない……。

「しかし、犯人はつかまってみても、前島の転落死の真相までは分からなかったな」

倉田が大きく伸びをしながら言った。

前島の頭を殴り、首を絞めたのが、日比野ゆかりであることは分かっても、そのあとで、前島がなぜ七階のベランダから靴を履いたまま転落したのかということは、依然として謎のままだった。

「そのことなんですが」

貴島が言った。

「ひとつだけ仮説を思いついたんです」

「え」

倉田は貴島を見た。

「ただ、あくまでも推測の域を出ないものだし、立証のしようがない仮説なので、黙っていましたが」

「なんだ。言ってみろよ」

「前に、江藤が入院した病院の医師が言っていたでしょう？　頭部を強く打ったときなどに、逆行性健忘症と言って、事故以前の記憶を失ってしまうことがあると――」

「ああ」

倉田は頷いた。

「ひょっとすると、前島も金属バットで頭を殴られたとき、この逆行性の健忘症にかかっていたのではないかと思うんです」

「ほう」

倉田は何を言い出すのかという目でじっと相棒を見詰めていた。

「あの夜、前島は日比野ゆかりに金属バットで頭を殴られ、首を絞められて意識を失った。そして、数時間たって、意識を取り戻した。意識は取り戻したが、前島の脳は正常な状態ではなかった。脳震盪を起こして、かなり朦朧《もうろう》としていたはずです」

「前島も江藤のように事件直前の記憶をなくしていたと言いたいのか」

ようやく飲み込めたように倉田が口をはさんだ。

「その可能性はあります。おそらく、前島は、意識は取り戻したものの、何が起こったのか思い出せなかったにちがいない。ただ、床に転がっていた血の付いた金属バットを見て、自分が誰かに殴られたらしいことくらいは見当がついたかもしれません。そのためか、あるいは、ただの用心のためか、前島はよろよろと立ち上がってドアのチェーン錠をかけに行った――」

「そこまでは分かっている」

白けたような口調で倉田が言った。

「問題はそのあとだ。そのあと、何が起こったのか」

「そう。問題はこのあとでした。間が悪いことに、酔っ払って部屋を間違えた中川洋平が訪ねてきた。最初はおとなしくインターホンを鳴らしていた中川は、そのうち、恋人が居留守を使っていると勘違いして腹をたて、ドアを乱暴に叩き出し、『開けろ』とか、『いることは分かってるんだ』とか『開けないとドアを蹴破るぞ』とか喚いた。これを聞いた前島のほうもある勘違いをした――」

「そうか。襲撃直前の記憶を失っていた前島は、外で喚いている男のことをバットで自分を襲った人間だと勘違いしたんだな。まさか女に殴られたとは思わなかっただろうからな」

「それもあるかもしれません」

しかし、貴島はそう答えた。

「それもあるかもしれません？」

「前島の勘違いはそれだけではなかった。部屋を間違えてどなっているにすぎない男を、サラ金の取立て屋だと思い込んでしまったのです」

「ちょっと待てよ。前島はサラ金からの借金は去年返したはずじゃないか。なんで取立て屋を恐れるんだ」

「いや、まだ返してなかったんですよ。だから、取立て屋が自分を襲いに来たと思い込んでしまった」

「そりゃ、どういうことなんだ？　去年の借金は返してなかったって——」

「前島はすでに返したはずの借金をまだ返していないと思い込んでいたのです。というのも、彼が意識を取り戻したとき、彼の記憶は失われていたからです」

「え……」

「自分を襲った犯人のことだけでなく、自分がすでに借金を返したということも、東中野のマンションから中野の『メゾン・ソレイユ』というマンションに引っ越してきたことも。言い換えれば、襲撃からさかのぼる丸一年間の記憶を彼は失っていたのです」

5

「丸一年？」

倉田はぽかんと口をあけていた。

「あのときの医師の話では、事故直前の記憶を失うことは珍しくないが、稀に、事故から数カ月ないしは数カ年にもわたって記憶を失うこともあるということでした」

「そういえば、バイクに引っかけられた男が丸五年間の記憶をなくしたと言っていたな……」

倉田は思い出したように言った。

「前島の場合はちょうど一年分の記憶を失っていたのではないか。つまり、前島は意識を取り戻したとき、中野のマンションではなくて、その前に住んでいた東中野のマンションにいるつもりになっていたのではないか。

ちょうど、一九九一年の八月にバイク事故で頭を打った青年が、意識を取り戻したとき、一九八六年の二月だと思い込んでいたように、前島も、一年前の自分に戻ってしまっていたんです。まだサラ金から借りた借金を返せずに、取立て屋に追いかけられていたころの自分に。

だから、中川の声だけ聞いて、てっきり、その取立て屋が自分を痛めつけに来たと思い込んでしまった――」

「ちょっと待てよ。いくら記憶がなくなっていたといっても、中野のマンションと東中野のマンションでは造りが違うだろう？　変だと思うんじゃないのか」

「それが、確かめてみたところ、造りはかなり似ているんです。東中野のほうもワンルームタイプで、キッチンやユニットバスの位置もほぼ同じようなものでした。しかも、管理人の話では、ベッドや机の置き場所もほぼ同じだったようです。もし、前島が、他の家具も、前のマンションと同じ位置に取り付けていたとしたら、部屋の中にいるかぎり、東中野の106号室と、中野の701号室は区別がつかなかったかもしれません……」

「そ、それじゃ、なんだ。前島は自分が一階の部屋にいると思い込んでいたというのか」

倉田が言った。

「そうです。それで、とっさにベランダから逃げようとした。たぶん頭はまだボーとしており、まともな判断力を働かせることはできなかったのでしょう。ただ恐怖だけが彼をつき動かした。冷静に考えれば、チェーン錠をかけてあるのだから、外でどなっている男が中に押し入ってくる心配はないわけですが、そう考えるだけの判断力も失っていたにちがいない。

彼は玄関にあったスニーカーを持ってくると、それを持ってベランダに出た――」

「いくら何でもそこで気がつくだろう？　自分のいるところが一階じゃなくて、七階だったということを」

倉田が慌てて言った。

「そりゃ確かに部屋の中にいれば分からないかもしれない。しかし、一歩、外に出てみれば、周りの景色が違っているはずだ。まさか、外の景色まで同じだったというわけじゃあるまい？」

「むろん、景色は違っていました。だから、気がつくはずでした。ふつうの精神状態だったならば。しかし、前島はふつうじゃなかった。頭はまだ朦朧としており、おまけに、朦朧としていたのは頭だけじゃなかった――」

「頭だけじゃなかった？」

「現場に眼鏡が壊れて落ちていたでしょう？」

「あ……」

「かなり度の強い眼鏡のようでした。おそらく日比野ゆかりに襲われたときに落として踏んづけたのだと思いますね。前島も近眼だったんです。奇しくも、あのとき、ドアの外で喚いていた中川と同じことが前島にも起こっていたのです。頭が朦朧としているところへもってきて、眼鏡をなくして視界もかなりぼやけていたはずです。しかも、恐怖心に駆られて、外に逃げることで頭がいっぱいだった。彼は文字どおり、周りが目に入らない状態にいたのです。

前島はベランダに飛び出すと、慌ててスニーカーを履き、手すりに飛びついた――」

「……」

「片足をかけ、手すりをまたぎ越した。そして、そのまま下にジャンプした。彼のそのときの意識では、すぐに下の植込みに着地するはずだった。ところが」

「……」

「足は地面につかなかった。だから、悲鳴をあげたのです……」

エピローグ

江藤佳子は持っていた鍵でその部屋のドアを開けた。

施錠の解かれる音に、部屋の隅で何かしていた少年は、素早く机に戻った。

「俊弥《としや》ちゃん、おやつよ」

佳子はそう言いながら入ってくると、紅茶とクッキーを載せた盆をサイドテーブルの上に置いた。

大きな机の前にいた少年が振り返る。青白く目だけ大きな子供だった。

「どう、進んでる？」

机の上に広げられたノートを少年の肩ごしに覗き込んだ。

「うん……」

八歳の少年が使っているのは、小学校高学年用の教科書だった。

「お返事は、『はい』でしょう」

「はい」

「四時に家庭教師の先生がいらっしゃいますからね、それまでに予習は終えておかなければだめよ」

「はい」

「寒くない？」

「ううん」

少年は首を振った。

部屋の中には窓がなかった。防音性を考えて、地下に造られた部屋だったからである。しかし、換気も温度調節も、最新式のエアコンが完璧にこなしてくれる。室内の温度と湿度は、春も夏も秋も冬も、常に一定かつ快適に保たれている。

照明は天井に設置された蛍光灯と、机の上のスタンドで十分だ。

窓がないので、外の景色を眺めることはできないが、その代わりに、室内にはさまざまな観葉植物の鉢が飾られている。

八畳ほどの広さの部屋には、机と本棚と仮眠用のカウチしか置いてない。勉強に専念するためだけに造られた部屋だったからだ。

この部屋を造ったのは、俊弥の兄の順弥が小学校五年生のときだった。思いついたのは佳子だった。それまで使っていた勉強部屋を兼ねた子供部屋では、子供の気を散らすものが多すぎた。

その最たるものは窓だった。ちょっと目を離すと、順弥は机を離れ、窓に取り付いて外を眺めていた。外では順弥と同年配の子供たちが遊んでいた。

でも、この部屋を造ってからはそんなこともなくなった。取り付いて眺める窓などどこにもなかったからだ。猥雑《わいざつ》な外の世界とは完全に遮断されている。

はじめてこの部屋に入れられたとき、順弥はひどく厭がった。そのあとも、息苦しいと言って、何度も脱走を試みた。しかたなく、佳子は外からだけかかる錠を付けなければならなかった。

最初の一週間ほどは泣き喚いていたが、そのうち、順弥はこの部屋に順応するようになった。鍵をかけなくても、逃げ出そうとはしなくなった。勉強の時間が来ると、散歩から帰った犬がしっぽをたれておとなしく檻《おり》に入るように、自分からこの部屋に入るようになった。

俊弥もいずれそうなるだろう。外から鍵をかける必要はなくなるだろう。

佳子は、おやつを無言で食べている息子のほうを愛しそうに眺めた。この子を産んでおいてよかった。今となってはつくづくそう思う。

正直なところ、俊弥の誕生は佳子にとってありありがたいものではなかった。佳子は第二子を望んではいなかったからだ。子供は一人だけ産んで完璧に育てたかった。何人も子供を産むのは、犬か猫みたいで動物じみていて厭だったし、子供を産むことで体形が崩れるのも避けたかった。

だから、二人めができたと知ったときには、しまったと思った。ずっと飲みつづけていたピルを飲み忘れたときに、うっかり夫と関係を持ってしまった自分を呪《のろ》いたくなった。

夫が病院の看護婦とただならぬ仲になっているらしいことに気づいて、その若い看護婦に対する対抗意識のようなものがあったのかもしれない。

まさかおろすわけにもいかないので、しかたなく産んだが、あのころの佳子は、長男の順弥を立派に育てることで頭がいっぱいだったので、この年の離れた次男にはあまり気が回らなかった。

ところが、順弥があんなことになって、佳子の目標も理想もなくなってしまった。一時はショックでしばらく神経科に通うはめになったが、佳子はようやく立ち直った。立ち直った佳子の目に、それまで眼中になかった次男の存在が大きく映った。

そうだ。私にはまだこの子がいる。佳子の目にはまた希望の光が、胸には新たな闘志が燃え上がった。

どこでどう間違ったのかは分からないけれど、私は順弥の育て方を間違えたようだ。佳子はそれを渋々認めていた。中学のころまでは順調だったのだ。順弥はずっとトップを独走してきた。それが、高校へ入ったころからおかしくなった。成績がどんどん下がりはじめ、高校二年のときには、担任に、「K大の医学部はとても無理だ」と言われた。あのときは目の前が真っ暗になった。

息子が、夫や舅《しゅうと》の母校であるK大学の医学部に入れないということは、佳子にとって「死ね」と言われたに等しいことだった。

でも、二度とあんな失敗は繰り返さない。たぶん、私の管理の仕方がまだ甘かったのだ。佳子は最初の子育ての失敗をそう自己批判していた。

だから、俊弥はまだ八歳だったが、この部屋に入れた。なるべく幼いうちにこの環境に慣れさせる必要があることに気づいたからだ。俊弥もはじめのうちは、兄と同じような反応を示した。でも、最近ではだいぶおとなしくなってきた。勉強のほうも順調に進んで、あと半年もすれば小学校の課程を終えて、中学の教科書に入るところまでになった。

死んだ兄の代わりに自分が江藤病院の後継者にならなければならないということがようやく子供心にも分かってきたようだ。佳子がこもり歌がわりに言って聞かしてやった暗示効果が出てきたのだろうか。

おやつを食べおわった息子の頭を撫で、お盆を持って部屋を出ていこうとした佳子は、あらというように目を見張った。

部屋の片すみに小さな檻が置かれている。俊弥のペットのハムスターが入っていた。ペットをこの部屋に入れるのは気がすすまなかったが、俊弥にどうしてもとせがまれて、渋々許したのだ。二匹いるハムスターのうちの一匹がぐったりとしていた。

「ハムスター、小さいほうが元気ないわね」

そう呟くと、

「さっきまで元気だったよ。きっとお昼寝してるんだよ」

俊弥が振り向きもしないで言った。

「そう」

佳子は息子の言葉に安心して、ドアを開けた。

むろん、ハムスターが病気になることなど考えられなかった。どんな病原菌も入り込まないように、部屋はくまなく掃除され、清潔に保たれている。この部屋の環境は申し分ないはずだ。おそらく、俊弥の言うように、昼寝でもしているのだろう。ハムスターが昼寝などするのかどうかは知らないが……。

佳子はドアを閉めると、少し迷ったが、やはりまた鍵をかけることにした。

カチャリという無機的な音が、窓のない、その繭のような部屋の中に響いた。

解説

西上心太（文芸評論家）

二〇一〇年十二月から隔月で連続刊行された中公文庫版の警視庁捜査一課・貴島柊志シリーズ――すなわち『i（アイ）鏡に消えた殺人者』、『「裏窓」殺人事件』、『「死霊」殺人事件』――も、本書をもってフィナーレを飾ることになった。

今邑彩は東京創元社が主催した〈「鮎川哲也と十三の謎」十三番目の椅子〉に応募した『卍の殺人』が最優秀作品に選ばれデビューを果たした。この賞は翌年から鮎川哲也賞と名を改め、現在もミステリー新人賞としての歴史を刻んでいる。当時の選考委員の一人にはもちろん鮎川哲也が名を連ねていた。一九八九年、元号が昭和から平成に変わった年の晩秋のことである（デビューの経緯や当時の状況については本文庫の『i』に収録されている結城信孝氏の解説に詳しいので参照願いたい）。その半年後には賞を主催した同じ版元から受賞第一作にあたる『ブラディ・ローズ』が刊行されている。

新人作家にとって求められることの第一は、とにかく二作目を発表することであると断言してもよい。アマチュアという立場で挑戦できる新人賞と違い、プロ作家として依頼を受けた原稿を、受賞の熱気が冷めない時期（遅くとも一年以内）に世に問うことは思った以上に大事なことなのである。この時点で躓《つまず》いたままいつの間にか消えてしまった新人作家も数多いのだ。今邑氏はこの試練をクリアしただけでなく、さらにその半年後、つまり『卍の殺人』から一年後、他社（光文社）から三作目の作品を上梓している。その作品こそが『i（アイ）鏡に消えた殺人者』であった。

通常、新人賞デビューした作家は、二作目までは主催する版元が面倒を見てくれる。だがそれ以降は実力次第。新人賞を受賞すれば、他社からの執筆依頼は珍しいことではない。ただし、依頼する側からすれば、受賞作を見てよほどのポテンシャルを感じたのでなければ、それは単なる先物買いでしかない。言葉は悪いが、どう化けるかわからないからとりあえずツバをつけておこうか、という程度であるはずなのだ。それに応えられるか否かは作家自身の実力と努力次第なのである。

今邑氏は見事この試練に応えた。しかも六作目にあたる『金雀枝《えにしだ》荘の殺人』（一九九三年三月、講談社ノベルス）の後書きの中で『i』について、「今まで書いた中では、最も気にいっており、さほど苦労せずにテーマとトリックがうまくかみ合ってくれた、実質的な意味での、私の処女作」と自信のほどをうかがわせている。実際に売上も好調で編集部内の評判も高かったことから、シリーズ化が決定されたのである。

今邑氏がデビューしたころ、奇抜な形の館で起きる殺人を描いたミステリーが注目を集めていた。一九八七年に『十角館の殺人』でデビューした綾辻行人である。続いて『水車館の殺人』、『迷路館の殺人』と綾辻氏は矢継ぎ早に館シリーズを発表。氏に続いて若手本格ミステリー作家が続々と出現し新本格ブームを巻き起こしたのであった。今邑氏のデビュー作も題名にあるように卍型の屋敷が舞台であったため、少々割を食った感があった。だがこの貴島シリーズは違う。奇抜な屋敷は一つも登場せず、ごく普通のマンションや家が舞台であるのに、不可能趣味と怪奇趣味あふれる状況が付随した密室が登場するのである。

さてここで少し将棋の話を。将棋を知らない人でも、詰将棋というプロブレムがあることはご存じだろう。王手の連続で相手の玉を詰めるパズルである。この詰将棋と本格ミステリーにはかねがね共通点があると考えていた。

詰将棋は詰め手順がただ一種類でなければならない。複数の詰め方（余詰め）がある作品は不完全作とされ、完成作とは認められないという厳しい基準がある。また盤上に配置される駒には何らかの意味を持たせる必要がある。あってもなくてもよい駒は飾り駒と呼ばれ、作品評価が著しく低下する。また盤上の駒の配置にも美しさが求められる。

余詰めを避けるためにやたら駒を置くことは見た目の美しさ、駒の効率という視点からも避けなければならない。最小の駒で最大限の働きをするような配置を目指して詰将棋作家は工夫を凝らし、推敲をくり返すのである。

これは詰将棋を本格ミステリーと置き換えても話が通じる。本格ミステリーの謎解き過程には厳密さが求められる。また作品のプロットから乖離《かいり》したような過剰なペダントリーや道具立ては「小説」として低く見られてしまう。手順＝解決に至るプロセスの絶対性、効率的で美しい形＝小説そのものの魅力、というように対比できるのだ。

しかし両者には常にそしりの対象となる要素がある。詰将棋のような華麗な詰め手順は滅多に実戦に出てこないので、実戦の終盤には役に立たないという言辞がそれだ。また本格ミステリーはそのゲーム性の強さから来るリアリティのなさを指摘されることがしばしばある。だがそれは言いがかりにすぎない。詰将棋は将棋の実戦対局とは独立した発展をとげ、詰め手数で言えば一五〇〇手を超える作品も発表されている。また手順に数学的な法則を内包した作品や、駒の動きが美しい軌跡を描き出す作品など、理知的であったりロマンを感じさせる趣向が用いられた作品が、将棋の実戦対局とは別の次元に存在しているのである。

本格ミステリーもトリックや趣向を際立たせるためのある種の特殊なルールのもと、

独自の発展を遂げてきた。そしてその中で、あるものは先鋭的に特化し、あるものはミステリーの他ジャンルや一般の小説と比しても不自然に見えないような小説的技巧を磨き上げ発展してきた。

ずいぶんと横道にそれてしまったが、この貴島シリーズを久々に再読した時、すっきりした配置から妙手順がくり出される、詰将棋の秀作を連想してしまったのである。

本シリーズの魅力と特徴は、以下の三点に集約されるのではなかろうか。

まずはじめに指を折るべきが、密室を基調にした意外性あふれる発端である。部屋に置かれた姿見の中に、犯人が消え去ったような足跡の残された密室が登場する『i』。墜落して死んだ女性の部屋をのぞき見していた少女の証言から、密室の中から姿を消した男の存在が浮かび上がる『「裏窓」殺人事件』。家の中から三人の男女の死体が発見され、そのうちの一人は埋められた地中から這い出てきたような状態だったという、オカルティックな状況での密室殺人を描いた『「死霊」殺人事件』。そして本書はスニーカーを履いたまま自室のベランダから転落死した男の事件が発端となる。彼は転落する前に何者かにバットで頭を殴られていたが、部屋には鍵だけでなく防犯チェーンまでかけられていたのだ。

このようにどの作品も冒頭に不可能趣味あふれた強烈な謎が提示されるのである。しかもそれは特殊な場所ではなく、先述したようにありふれたマンションや普通の家が舞台となるのだ。

そして次の特徴が本格ミステリーの合理的精神と、それとは相反するような怪奇的な彩りである。本来、唯一無二の解決をもってして謎が剰余なく割りきれるのが本格ミステリーの特徴であり魅力である。ところが作者は合理的な解決の向こうに、超自然的な要素を加味しているのである。合理的な解決をきちんとつけた上で、ひょっとするとこういう不可思議な、オカルティックなこともあり得るのかもしれないという、もう一つの解釈を提示しているのだ。せっかくの本格ミステリーとしての味わいが台なしにならないのは、前もってプロローグに作者一流のホラーテイストあふれた背景が用意されているからである。

本書にはそれまでの三作と違い、オカルティックな要素は薄い。だがそのかわりに少年たちの歪んだ心から引き起こされる犯罪という、現代ミステリーで数多く使われているテーマがいち早く取り上げられている。そして本書が内包するテーマと、題名が象徴する本当の意味は、エピローグに至ってようやく判明する。ホラーやオカルト的なテーマよりよほどグロテスクで恐ろしく、ある意味《普遍的》ともいえる問題が浮かび上がるのだ。これまでの三作品に比べ、数段嫌らしく、おぞましい歪みを読み取ることができるだろう。
最後が探偵役を務める貴島柊志の魅力と、彼とコンビを組む所轄署刑事とのやりとりである。貴島は初登場した『i』の中でこう描かれている。

「かなり上背がある。そのせいか猫背気味だった。暫く床屋の世話になっていないようなボサボサの脂っけのない髪が、少年のように澄んだ大きな目の上に覆いかぶさっていた」

また聞き込みに訪れた美容院ではニューハーフのような美容師にこう言われる。

「あなたさ、ちょっと髪形、変えてみる気ない？」
「そのダサい髪形、なんとかしたら見違えるようになるわよ。（略）男にしちゃ、細い奇麗な髪してるし」

このように身なりさえ整えれば貴島はけっこう見栄えのする男らしいのだ。だが住んでいるのは阿佐ヶ谷にある、部屋にある家具は「愛想のないちゃぶ台と洋服箪笥。安物のスチールの本棚におさまりきれない本が散乱した部屋は、二十九歳の独身男の、というよりも学生の部屋のようだった」（『「裏窓」殺人事件』）というボロアパート住まい。そんなアパートの家賃を三ヵ月もためこんだり、ワイシャツのボタンを掛け違えたまま事件現場に現れたりする。身なりに頓着しない慌て者で、卓抜な推理力を発揮する仕事モードと、日常モードとのギャップが大きいように思える。

また彼の生い立ちが三作品の中で少しずつ明かされていくことにも注目したい。長男である貴島の兄だけを大事にする祖母。笑顔を見せたことのない母。婿養子の父はそんな家庭に絶望したのか貴島を連れて鹿児島の家を出奔し、函館に移りそこで知り合った女性との三人の暮らしが始まる。このような生活が多感な時期の貴島にどのような影響を及ぼしたのか。これまでの三作にちりばめられた貴島の生い立ちが、本作ではほとんど触れられていないのは返す返すも残念だ。

一方、所轄署の刑事とのやりとりは一種のシチュエーションコメディといえるだろう。『「裏窓」殺人事件』でコンビを組むのが若い西山刑事。亡くなった弟の遺志を継いで刑事になったものの、事件現場にコンタクトレンズを落としたり、大きな犬に怯えたりというダメ刑事ぶりで笑わせてくれる。常に転職を考えているという変わった人物だ。『「死霊」殺人事件』では女性刑事の飯塚ひろみが登場する。男社会の中で肩肘を張っているのだが、実際の行動とのギャップが愉快だ。事件が一段落したあとでの貴島との寿司屋でのデート?シーンと、彼が独身と知った際に猛烈なアタックをかけるシーンは抱腹絶倒である。

そして本書では『i』で貴島相手に敵愾心《てきがいしん》を露《あら》わにした中野署の刑事、倉田義男が再登場する。短軀でがっしり型、おまけに思考より行動という貴島とは正反対のタイプなのだが、貴島との一別以来に起きた倉田の激変した生活が本書で明らかになる。これがまあ、メインプロット同様に意外な顚末で、絶好の息抜きとなっているのだ。

縷々《るる》述べてきたように、強烈なインパクトのある不可能犯罪、合理的な解決の先にある余韻を残すエンディング、上品なユーモアが醸しだされるキャラクター同士の掛け合いなどが渾然一体になっているのが貴島シリーズの魅力であり特徴である。それはこれまでの四作品をお読みになった方にははっきりとご理解いただけるだろう。

このシリーズが再評価され再びスポットライトが当てられた今こそ、貴島の過去がさらに明らかにされる新作——第五作——が、近い将来登場することを作者に願って、筆を置くことにしよう。

『繭の密室』二〇〇〇年五月　光文社文庫

中公文庫

繭《まゆ》の密室《みっしつ》
——警視庁《けいしちょう》捜査《そうさ》一課《いっか》・貴島柊志《きじましゅうじ》

2011年6月25日　初版発行

著　者　今《いま》　邑《むら》　彩《あや》

発行者　小 林 敬 和

発行所　中央公論新社

〒104-8320　東京都中央区京橋2-8-7
電話　販売 03-3563-1431　編集 03-3563-3692
URL http://www.chuko.co.jp/

DTP　嵐下英治
印　刷　三晃印刷
製　本　小泉製本

Published by CHUOKORON-SHINSHA, INC.
Printed in Japan　ISBN978-4-12-205491-2 C1193

中公文庫既刊より

各書目の下段の数字はISBNコードです。978－4－12が省略してあります。

い-74-10
i《アイ》 鏡に消えた殺人者 警視庁捜査一課・貴島柊志　今邑彩
新人作家の殺害現場には、鏡に向かって消える足跡の血痕が。遺された原稿には、「鏡」にまつわる作家自身の恐怖が自伝的小説として書かれていた。傑作本格ミステリー。
205408-0

い-74-11
「裏窓」殺人事件 警視庁捜査一課・貴島柊志　今邑彩
自殺と見えた墜落死には、「裏窓」からの目撃者が。少女に迫る魔の手……。衝撃の密室トリックに貴島刑事が挑む！　本格推理＋怪奇の傑作シリーズ第二作。
205437-0

い-74-12
「死霊」殺人事件 警視庁捜査一課・貴島柊志　今邑彩
妻の殺害を巧妙にたくらむ男。その計画通りの方法で死体が発見されるが、現場には妻のほか、二人の男の死体があった。不可解な殺人に貴島刑事が挑む。
205463-9

い-74-5
つきまとわれて　今邑彩
別れたつもりでも、細い糸が繋がっている。ハイミスの姉が結婚をためらう理由は別れた男からの嫌がらせだった。表題作の他八編の短編集。〈解説〉千街晶之
204654-2

い-74-6
ルームメイト　今邑彩
失踪したルームメイトを追ううち、二重、三重生活を知る春海。彼女は、名前、化粧、嗜好までも変えて暮らしていた。呆然とする春海の前にルームメイトの死体が？
204679-5

い-74-7
そして誰もいなくなる　今邑彩
名門女子校演劇部によるクリスティー劇の上演中、連続殺人は幕を開けた。台本通りの順序と手段で殺される部員たち。真犯人はどこに？　戦慄の本格ミステリー。
205261-1

い-74-8
少女Aの殺人　今邑彩
深夜の人気ラジオで読まれた手紙は、ある少女が養父からの性的虐待を訴えたものだった。その直後、三人の該当者のうちひとりの養父が刺殺され……。
205338-0

い-74-9
七人の中にいる
今邑　彩
ペンションオーナーの晶子のもとに、二一年前に起きた医者一家虐殺事件の復讐予告が届く。常連客のなかに殺人者が⁉　家族を守ることはできるのか。
205364-9

あ-61-1
汝の名
明野照葉
男は使い捨て、ひきこもりの妹さえ利用する――あらゆる手段で、人生の逆転を賭けて「勝ち組」を目指す、麻生陶子33歳！　現代社会を生き抜く女たちの「戦い」と「狂気」を描くサスペンス。
204873-7

あ-61-2
骨肉
明野照葉
それぞれの生活を送る稲本三姉妹。そんな娘たちの目の前に、ある日、老父が隠し子を連れてきた！　家族関係の異変をユーモラスに描いた傑作。〈解説〉西上心太
204912-3

あ-61-3
聖域　調査員・森山環
明野照葉
「産みたくない」と、突然言いだした妊婦。最近まで、生まれてくる子供との生活を楽しみにしていた彼女に、何があったのか……。文庫書き下ろし。
205004-4

あ-61-4
冷ややかな肌
明野照葉
外食産業での成功、完璧な夫。全てを手にしながらも、異様に存在感の希薄な女性取締役の秘密とは？　女性の闇を描いてきた著者渾身の書き下ろしサスペンス。
205374-8

う-25-2
そこに薔薇があった
打海文三
ある春の日。一人の青年の前に、次々と現れた魅力的な三人の女性たち。彼女たちの出現、それは連綿と続く殺人事件の始まりだった……。〈解説〉池上冬樹
204554-5

う-25-3
ロビンソンの家
打海文三
ぼくは高校を休学し、かつて家族で住むはずだった「Rの家」へ向かった。無人のはずのその家には、意外な先住者たちが……。青春ミステリ。〈解説〉村上貴史
204595-8

う-25-4
ぼくが愛したゴウスト
打海文三
それは初めて、少年が一人でコンサートへ行ったときからだった。帰り道に駅で事故を目撃してから、世界はどこか自分と違っていた。この不思議な世界、少年は何処へ向かう……。
205060-0

各書目の下段の数字はISBNコードです。978－4－12が省略してあります。

き-26-3 **ミステリ十二か月** 北村　薫
読み巧者・北村薫が《昔のわたし》に手渡す気持ちで選んだ50冊。出会えて良かったと思える本が必ずあります。大野隆司の版画が彩る極上ミステリ案内。
204962-8

く-19-1 **白骨の語り部** 作家六波羅一輝の推理 鯨　統一郎
死後一年が経過した女性の白骨死体が発見された。だが昨日、彼女は生きていた⁉　民話の郷・遠野で起こる忌まわしき事件の謎に作家・六波羅一輝が挑む！
205214-7

く-19-2 **ニライカナイの語り部** 作家六波羅一輝の推理 鯨　統一郎
海の彼方にあるという楽園〈ニライカナイ〉伝説が残る沖縄の村で、殺人が‼　容疑者は死者⁉　六波羅一輝の推理が冴え渡るシリーズ第二弾。〈解説〉西上心太
205265-9

く-19-3 **京都・陰陽師《おんみょうじ》の殺人** 作家六波羅一輝の推理 鯨　統一郎
一輝の元へ「鬼に恋人を殺された」女性から手紙が届く。陰陽師が出した犯行声明によれば、殺害方法は「呪詛」、実行犯は「式神」⁉　鯨流旅情ミステリ、舞台は怨念渦巻く京都へ。
205370-0

く-19-4 **小樽・カムイの鎮魂歌《レクイエム》** 作家六波羅一輝の推理 鯨　統一郎
小樽運河に浮かんだ美女の他殺体。彼女は一年前に自殺した親友の遺言に従い「アイヌの秘宝」を探していた。六波羅一輝は事件の真相と秘宝に辿り着けるか⁉
205411-0

こ-24-1 **彼方の悪魔** 小池真理子
孤独な留学生が持ち帰ったペスト菌と、女性キャスターに男が抱いた病的な愛。平穏な街に恐怖の二重奏が響く都会派サスペンス長篇。〈解説〉由良三郎
201780-1

こ-24-2 **見えない情事** 小池真理子
けだるい夏の午後、海辺のリゾートでの出会いが、女の心に夫への小さな不信を芽生えさせる――。サスペンスとホラーの傑作六篇。〈解説〉内田康夫
201916-4

こ-24-3 **やさしい夜の殺意** 小池真理子
十三年ぶりに再会した兄。美しい妻といとなむ幸福な家庭には、じつは恐ろしい疑惑と死の匂いが……。サスペンス・ミステリー五篇。〈解説〉新津きよみ
202047-4

こ-24-4
唐沢家の四本の百合
小池真理子
洒落者の義父をもつ三人の嫁と、血のつながらない娘。雪の降りしきる別荘で集う四人のもとに届いた一通の速達が意味するものは……。〈解説〉郷原　宏
202416-8

こ-24-5
贅　肉
小池真理子
母の死と失恋によって異常な食欲の虜となった姉。かつての美貌は見る影もなくなった。私が抱くのは憐憫？　殺意⁉　サスペンス五篇。〈解説〉朝山　実
202797-8

こ-24-7
エリカ
小池真理子
急逝した親友の不倫相手と飲んだのをきっかけに、エリカは、彼との恋愛にのめりこんでいく。逢瀬を重ねていった先には何が……。現代の愛の不毛に迫る長篇。
204958-1

こ-40-1
触　発
今野　敏
朝八時、地下鉄霞ヶ関駅で爆弾テロが発生、死傷者三百名を超える大惨事となった。内閣危機管理対策室は、捜査本部に一人の男を送り込んだ。
203810-3

こ-40-3
パラレル
今野　敏
首都圏内で非行少年が次々に殺された。いずれの犯行も瞬時に行われ、被害者は三人組で、外傷は全く見られない。一体誰が何のために？〈解説〉関口苑生
204686-3

こ-40-7
慎　治
今野　敏
同級生の執拗ないじめで、万引きを犯し、自殺まで思い詰める慎治。それを目撃した担当教師は彼を見知らぬ新しい世界に誘う。今、慎治の再生が始まる！
204900-0

こ-40-13
陰《おん》陽《みょう》　祓師《はらいし》・鬼龍光一
今野　敏
連続婦女暴行事件を追う富野刑事は、不思議な力を駆使する鬼龍光一とともに真相へ迫る。警察小説と伝奇小説が合体した好シリーズ第一弾。〈解説〉細谷正充
205210-9

こ-40-14
憑《つき》物《もの》　祓師・鬼龍光一
今野　敏
若い男女が狂ったように殺し合う殺人事件が続発。現場には必ず「六芒星」のマークが遺されていた。恐るべき企みの真相に、富野・鬼龍のコンビが迫る！
205236-9

各書目の下段の数字はISBNコードです。978－4－12が省略してあります。

こ-40-18
鬼龍
今野敏
古代から伝わる鬼道を駆使し、修行中の祓師・浩一は最強の亡者に挑む。「祓師・鬼龍光一」シリーズの原点となる傑作エンターテインメント。〈解説〉細谷正充
205476-9

と-25-15
蝕罪 警視庁失踪課・高城賢吾
堂場瞬一
警視庁に新設された失踪事案を専門に取り扱う部署・失踪課。実態はお荷物署員を集めた窓際部署だった。そこにアル中の刑事が配属される。〈解説〉香山二三郎
205116-4

と-25-16
相剋 警視庁失踪課・高城賢吾
堂場瞬一
「友人が消えた」と中学生から捜索願が出される。親族以外からの訴えは受理できない。その真剣な様子にただならぬものを感じた高城は、捜査に乗り出す。
205138-6

と-25-17
邂逅 警視庁失踪課・高城賢吾
堂場瞬一
大学職員の失踪事件が起きる。心臓に爆弾を抱えながら鬼気迫る働きを見せる法月。その身を案じつつも捜査を続ける高城たちだった。シリーズ第三弾。
205188-1

と-25-19
漂泊 警視庁失踪課・高城賢吾
堂場瞬一
ビル火災に巻き込まれ負傷した明神。鎮火後の現場からは身元不明の二遺体が出た。傷ついた仲間のため、高城は被害者の身元を洗う決意をする。第四弾。
205278-9

と-25-20
裂壊 警視庁失踪課・高城賢吾
堂場瞬一
課長査察直前に姿を消した阿比留室長。荒らされた部屋を残して消えた女子大生。時間がない中、二つの失踪事件を追う高城たちは事件の意外な接点を知る。
205325-0

と-25-22
波紋 警視庁失踪課・高城賢吾
堂場瞬一
異動した法月に託されたのは、五年前に事故現場から失踪した男の事件だった。調べ始めた直後、男の勤めていた会社で爆発物を用いた業務妨害が起こる。
205435-6

と-25-18
約束の河
堂場瞬一
法律事務所長・北見は、ドラッグ依存症の入院療養から戻ったその日、幼馴染みの作家が謎の死を遂げたことを知る。記憶が欠落した二ヵ月前に何が起きたのか。
205223-9

各書目の下段の数字はISBNコードです。978-4-12が省略してあります。

ひ-21-3
海泡 樋口有介
小笠原諸島・父島――人口二千人の〝洋上の楽園〟にストーカーが現れ、帰郷中の女子大生が不審な死を遂げた。会心の「スモールタウン・ミステリー」誕生！
204328-2

ひ-21-4
雨の匂い 樋口有介
癌で入院中の父親と寝たきりの祖父の面倒を一人でみる大学生・村尾柊一。ある雨の日、彼の前に謎めいた少女・李沙が現れ……。著者真骨頂の切ないミステリー。〈解説〉小池啓介
204924-6

ひ-21-5
ピース 樋口有介
連続バラバラ殺人事件に翻弄される警察。犯行現場に「平和」は戻るのか。いくつかの「断片」から浮かび上がる犯人。事件は「ピース」から始まった⁉
205120-1

ひ-21-6
11月そして12月 樋口有介
父親の不倫、姉の自殺未遂、そして……トラブル続きの家族と、少し生意気な女の子が、曖昧なぼくの存在を変えていく。ほろ苦い成長を爽やかに描いた青春小説。
205213-0

ほ-17-1
ジウI 警視庁特殊犯捜査係 誉田哲也
都内で人質籠城事件が発生、警視庁の捜査一課特殊犯捜査係〈SIT〉も出動するが、それは巨大な事件の序章に過ぎなかった！ 警察小説に新たなる二人のヒロイン誕生!!
205082-2

ほ-17-2
ジウII 警視庁特殊急襲部隊 誉田哲也
誘拐事件は解決したかに見えたが、依然として黒幕・ジウの正体は摑めない。捜査本部で事件を追う美咲。一方、特進をはたした基子の前には謎の男が！ シリーズ第二弾
205106-5

ほ-17-3
ジウIII 新世界秩序 誉田哲也
〈新世界秩序〉を唱えるミヤジと象徴の如く佇むジウ。彼らの狙いは何なのか？ ジウを追う美咲と東は、想像を絶する基子の姿を目撃し……⁉ シリーズ完結篇。
205118-8

ほ-17-4
国境事変 誉田哲也
在日朝鮮人殺人事件の捜査で対立する公安部と捜査一課の男たち。警察官の矜持と信念を胸に、銃声轟く国境の島・対馬へ向かう。〈解説〉香山二三郎
205326-7